*Los últimos días
de Ramón Pagano*

Los últimos días
de Ramón Pagano

ALEJANDRO HERNÁNDEZ
PALAFOX

LITERATURA RANDOM HOUSE

Los últimos días de Ramón Pagano

Primera edición: marzo, 2018

D. R. © 2018, Alejandro Hernández Palafox

D. R. © 2018, derechos de edición mundiales en lengua castellana:
Penguin Random House Grupo Editorial, S. A. de C. V.
Blvd. Miguel de Cervantes Saavedra núm. 301, 1er piso,
colonia Granada, delegación Miguel Hidalgo, C. P. 11520,
Ciudad de México

www.megustaleer.com.mx

ISBN: 978-607-316-258-6

Impreso en México – *Printed in Mexico*

El papel utilizado para la impresión de este libro ha sido fabricado a partir de madera procedente
de bosques y plantaciones gestionadas con los más altos estándares ambientales, garantizando
una explotación de los recursos sostenible con el medio ambiente y beneficiosa para las personas.

Penguin
Random House
Grupo Editorial

50

Hoy ha venido un funcionario de la justicia a confirmarme mi sentencia de muerte. Se paró allí, frente a la reja, olisqueó un poco hacia la celda y gesticuló como si algo le desagradara. Tenía las cejas pobladas, los ojos negrísimos y una voz aguda y eficiente. Pasó unas hojas sobre otras y luego leyó con grito mesurado los detalles de mi condena. Por tales y tales motivos, en tal fecha y a tal hora, el ciudadano tal será colgado hasta perder la vida. Firmas de tales y tales magistrados, sellos del Tribunal Superior de Justicia. El hombre aquel emparejó sus papeles, me miró como preguntando si tenía algo que decir y yo contesté que no con la cabeza, incapaz de estar a la altura de sus atenciones. No es que sea un ingrato, de lo que me acusa mi madre con frecuencia, más bien es que soy un poco torpe para expresar mi gratitud. Entonces, sin más divertimento, se fue cojeando, como supongo debió haber llegado.

Yo sabía que mi sentencia iba a ser ratificada. No sé cómo dejé que el abogado apelara si no hay manera de revertir las decisiones de los jueces una vez que se les mete algo en el dictado. Se lo dije varias veces, al menos quince. No, señor licenciado, ya no apele usted, no se moleste. Yo estoy conforme con morir a manos del Estado. Creo sinceramente que no hay mayor honor que ser asesinado legalmente. Las demás muertes son fútiles y carecen de grandeza. Por favor, no apele.

No me hizo caso y ahora ya ven ustedes, pasaré una vergüenza terrible, porque la prensa se dará un banquete mañana y ensayará encabezados mordaces para decirle a la gente que no pude escapar de la sentencia. Como si yo quisiera librarme de morir. Como si no gozara de suficiente orgullo para abstenerme de pedir clemencia. Esto me tiene muy molesto. Nunca supliqué nada y ahora un abogado que apenas conozco me hace pasar por quejumbroso. Porque yo sé que apelar sólo es mendigar unos meses o unos años más de vida. Si de todos modos nos vamos a morir, qué caso tiene jugar a la sobrevivencia. He despedido al abogado hoy mismo. Se fue atribulado porque quería ser héroe a mi costa y no pudo salirse con la suya. Me planté muy firme, con toda la dignidad que me ha distinguido desde que estaba en el vientre de mi madre y le dije, letra a letra, a manera de venganza por el bochorno que me ha hecho pasar: señor licenciado, queda usted despedido, y luego corté las sílabas como hacen los indignados en las películas y le dije: des–pe–di–do. Créanme ustedes que ésta ha sido una de las pocas satisfacciones que he gozado en los últimos años.

Por lo demás, cuando el desventurado oficial de juzgado vino a decirme que me ejecutarán el próximo 19 de mayo barrunté una gran alegría porque ya estaba cansado de tantos rumores acerca de mi muerte sin tener el gusto de conocer la fecha. Ahora, en cambio, ya puedo contar los días que me quedan y disfrutarlos como debe ser. Siempre he sabido que la peor calamidad humana es tener conciencia de que somos mortales y no tener idea de cuándo terminará la vida. Puedo decir que soy el único privilegiado en todo el país, porque conmigo se inaugura la pena de muerte y, más privilegiado aún, porque soy el único que sabe qué día y a qué hora voy a morirme.

Nadie, de todos los millones que somos, puede saberlo, y nadie puede presumirlo. Que los demás, comerciantes y poetas, funcionarios y policías, médicos y ladrones, niños y ancianos, sigan angustiados por la incertidumbre, anhelando secretamente vivir para siempre y huyendo a cada instante de lo inevitable. Me he arrojado agua a la cara, me he peinado y he sacado la nariz por entre las rejas. Por aquí pasa poca gente, ya saben ustedes cómo son las cárceles, pero las muy escasas personas que me vieron sintieron el peso de mi orgullo. No tuve que decirlo, porque mi forma de pararme pegado a la reja y mi manera de mirarlos les gritaba claramente Soy el único, entre todos ustedes, que sabe exactamente cuánto falta para que llegue el momento de la muerte.

He pedido chocolate caliente y no me lo han traído porque están acostumbrados a endilgarme tés que no saben a nada y comida con olor a cartón humedecido. Mañana hablaré con el director para exigir mis derechos. Un chocolate caliente no se le puede negar a un condenado a la horca. Deberían saberlo ellos, que son los encargados de cuidarme para que no me muera antes de tiempo.

A pesar de esta petición no atendida, hoy por fin voy a dormir plácidamente, soñando flores amarillas y cenzontles de colores.

49

Ayer les dije que dormiría como los ángeles, si es que existen y si es que duermen, pero cuando estaba perdiéndome en el sueño me acordé de mi señora madre. Ella no se resigna a que me maten. Pero, madre, le he dicho muchas veces, para qué quiere usted a este hijo vivo si no me queda más que morirme de viejo en la cárcel. Para qué, madre. Porque siempre lo he sabido, desde la primera hasta la última apelación, que si me levantaran la sentencia de muerte, me la cambiarían por cadena perpetua. Conmutar, le dicen. Comatar, deberían decirle. O matar de a poco. Pero ella me ha dicho que me prefiere vivo. Que todas las madres del mundo quieren morir antes que sus hijos. Y también me ha dicho que la pena de muerte va contra sus creencias, que nadie puede quitarle a nadie la vida, sólo Dios, que es el que da y quita. Eso la tiene muy mortificada. Qué va a pasar cuando llegue al cielo y me pregunten el motivo de mi fallecimiento. Ella piensa que me enviarán a un lugar apartado, oscuro y con olor a flores marchitas, a donde mandan a los que han muerto sin el consentimiento de Dios. Pero qué, le he dicho yo, a Jesús también lo mató la ley de los hombres. Pero era para salvarnos, dice ella, pero tú, a quién salvas con morirte.

Ah, mi madre, siempre me ataranta con sus respuestas filosóficas.

Acordarme de ella me quitó el sueño porque me aflige que le disguste la idea de que me cuelguen. No sé por qué eso le molesta tanto. Desde que me agarraron por primera vez, cuando era yo un niño y me metieron al centro de readaptación de menores, ella sufre. Cada vez que me detenían iba llorando a verme y a pedirme que me hiciera un hombre de bien, que consiguiera un trabajo decente y dejara de darle penas y vergüenzas. Ve a tu tío, cerrajero él, siempre con la cabeza en alto, y a tu primo Sebastián, mecánico primero y panadero después, luchando por la vida, y a tu hermana, tu santa hermana, mírala, bailarina de noche que no deja que nadie la toque. Si al menos enderezaras la cabeza cuando crezcas. Era una buena idea, pero ya adulto me prendieron otras veces y en la última, como la travesura había sido grande, se dieron el gusto de dictar sobre mi cabeza la primera sentencia de muerte del país. Desde entonces ella no ha parado de llorar, cada vez más hondamente, como una actriz que está segura de que mientras más llore más parecerá una mamá desconsolada. Así llevamos ocho años: ella llora y yo la veo. Sí, casi una década, porque deben saber ustedes que este abogado que me pusieron, defensor de oficio, le dicen, se la ha pasado apelando a cuanto tribunal encuentra. Primero alegaba que yo era inocente, después que era culpable pero bueno en el fondo, luego que culpable, pero loco, y terminó pidiendo clemencia. Ya deje usted eso, señor jurista, que yo con morir colgado estoy en paz. Pero vayan ustedes a decirle a un abogado cosas sensatas y verán lo que contesta. Los letrados siempre andan con libros en la mano recitando artículos, incisos y excepciones, y no hay forma de deshacerse de ellos. Lo soporté porque mi madre dice que ese abogado, de saco raído y zapatos desgastados, es el único que la comprende. ¡Vaya, no hay nada que hacer ni con él ni con mi madre!

Yo creo que hoy mismo mi madre se está enterando de que ya está todo dicho, las instancias agotadas y mi muerte dictada. Ella no lee periódicos ni ve televisión, pero conozco al menos a tres vecinas que felizmente acongojadas correrán a decirle Ya supo usted, doña Demetria, que estos canallas sentenciaron a Ramón otra vez. Y esta vez es la última, doña Demetria, ya no hay nada que pueda rescatarlo. Las dos abrazadas, la vecina satisfecha de haberle llevado la noticia, y mi madre abatida. Ah, las vecinas, siempre me han parecido una plaga. Deberían prohibir los vecindarios. Cada uno debería vivir lejos del otro y el otro del otro, así nadie se enteraría de las congojas ajenas y todos moriríamos en paz, sin disimular nuestras alegrías para evitar envidias y sin darle a nadie el gusto de llorar nuestras desgracias.

Todo mundo cree que mi madre es muy sentimental, pero yo sé que eso aparenta nada más con tal de ocultar su personalidad intelectual. La prueba está en que dice cosas muy extrañas como, por ejemplo, Por qué tuviste que matar a ese pobre hombre unos días después de que aprobaran la pena de muerte, por qué, Ramón, no lo mataste antes, qué tienes en la cabeza. Y yo, que soy un hijo rebelde y siempre tengo palabras respondonas, me quedo callado, porque yo tampoco sé cómo fui a matar justo luego de que el Estado decidiera asesinar al que asesina.

Por ese tiempo todos andaban contentos con la pena de muerte porque decían que por fin se iba a castigar a los matones, a los secuestradores, a los malandrines que andan disparando por las calles como si todo el país fuera una gran fiesta. Caían como animalitos de feria las familias, los niños, las mujeres, y uno tenía que andar corriendo siempre, apenas salía de su casa, para que no le fuera a tocar una de esas balas que llaman perdidas y que siempre encuentran acomodo en un pulmón, un cuello o una cabeza. Andaban todos tan alborotados que los jueces quisieron estrenar conmigo la novedosa ley y apenas se dieron tiempo de revisar mi caso. Pena de muerte, sentenciaron, y brindaron. Por primera vez en el país, luego de tantos años de justicia candorosa, pena de muerte. Ah, qué alivio, ¿así es que voy a morir? El mundo se librará de mí, que desde que tuve un poco de voluntad me dediqué a robar primero y a asaltar después, y luego a llevarme dinero de los bancos hasta terminar traficando droga para hacer felices a los hombres. Bien está, que me ahorquen para beneplácito de todos, de los que inventaron la ley y de los que la aprobaron, de los que han perdido a un familiar por el abuso de las armas y de los que escriben en los diarios.

48

Hoy me trajeron chocolate caliente. Era una babilla oscura y tibia que yo sin embargo saboreé acicaladamente, sentado muy derecho en mi cama de concreto, bien peinado, con una camisa limpia y con zapatos. Porque ya no voy a guardar los zapatos que me regaló mi madre para cuando fuera a los juzgados. Para días especiales, dijo. Pero ahora todos los días son especiales. No volveré a vivir un 2 de abril. Antes todos los 2 de abril, 13 de octubre o 15 de noviembre eran iguales porque me esperaban en hilera, relucientes y sin estrenarse. Antes creía que la muerte era algo agazapado en algún tiempo infinito. Tenía todo el tiempo y toda la vida. No sé para qué, pero la tenía. Ahora sé que después del 19 de mayo todo desaparecerá. El mundo completo, con todas sus calles, sus basureros, los mares que nunca vi, la nieve que nunca sentí, las montañas que no subí, todo eso y más que no puedo imaginarme, se hará polvo cuando pase a ser un objeto. Un hombre es un hombre, pero un cadáver es una cosa. Una cosa feliz, digo. Porque ya no tendré hambre ni frío, ni tentación de reírme de los poderosos, ni ganas de llorar por mi santa hermana, ni antojos ni motivos de odio. Seré una cosa. Y lo mejor es que sé cuándo.

Con mi tarro de chocolate tibio entre las manos, me puse a ver el techo, las paredes, el corredor sombrío que pasa frente a mi reja, derechito yo, como si conversara con magistrados y ministros, haciéndome a la idea de que nunca había estado tan presentable. De haberme esmerado antes, tal vez hasta habría conocido al presidente. Alguien me habría llevado, porque así como estoy, emperejilado, parezco un conde, un marqués o un alguien semejante. Quizá mi propia madre me hubiera tomado de la mano y me habría dicho Ven, Ramón, vamos a que te conozca el presidente. Militares y funcionarios habrían salido a recibirnos. Por acá, por favor. Tendrán ustedes tiempo, es que el presidente quiere invitarlos a comer. Y yo No, madre, el presidente siempre anda distraído y me daría pena saludarlo. No seas orgulloso, me diría mi madre, tienes que ser comprensivo, no todos pueden andar elegantes como tú. No es eso, madre, es que a mí no se me da eso de emocionarme por saludar a un presidente. Dice mi hijo que no, que lo que quería era conocer los jardines. Pero no puede ser, señora, el presidente canceló una gira para saludar a su hijo. No cedas, no. No cederemos, que el presidente se quede con la mano tendida, que al fin sobran manos que quieran saludarlo. Pero yo no, madre, yo no.

El guardia vino a decirme en ese momento que no estaba permitido que usara mis zapatos nuevos en la celda, que me los quitara o iba a tener que confiscarlos. Es una lata este guardián. Se llama Cornelio y siempre me ha tenido envidia. Me ve con unos ojos enfermos, como si cuando me mirara soñara ser yo. Y la prueba es esto de los zapatos. Estoy seguro de que el reglamento de la cárcel no dice nada de no poder usar zapatos nuevos en la celda. Es una invención suya porque no soporta que yo luzca mejor que él.

A veces viene por las noches, me ordena que me acerque a la reja y luego me toma por el cuello y me azota en los barrotes. Sabe muchas palabras insultantes. Muchas. Me las dice mientras me estrella la cara y me golpea en el estómago. Lo que quiere es desfigurarme. Cuando era niño mi madre me decía que tengo nariz de sultán, ancha y hermosa. Y nada más eso tienes hermoso, hijo, lo demás es igualito a tu padre. Por eso pienso que quiere desfigurarme. Muchas veces fui a la reja, obediente, sabiendo para qué quería que me acercara. Pero es que no hallaba cómo decirle que no. Una noche vino con otros celadores y me dijo Acércate. Y a mí no me dio miedo. Tengo aprendidos sus golpes, sus mañas, su fuerza, y ya no hace más que abrirme las mismas heridas en la nariz y la frente, así es que no tengo miedo. Pero cuando lo vi llegar con otros me temblaron las piernas, porque supe que todos iban a golpearme. Hicimos una apuesta, me dijo, el que más cara te rompa, gana. Entonces yo fui y me hice bolita en mi cama, lejos de la reja, temblando. No seas puto, me decía, acércate, y los otros gritaban y gritaban, se reían y me arrojaban cerveza y escupitajos. Me puse a llorar y a llamar a mi madre. Pero no le decía madre sino mamá mamá mamá. Y tenía miedo también de ella, porque cuando era yo muy niño me prohibió que la llamara así. Era mi madre. Dime madre, Ramón, como los hijos buenos llaman a su madre. El maricón quiere a su mamá, se reían los celadores. Así estuve, doblado en mi cama y llorando hasta que entraron todos y me hicieron polvo con fuetes y patadas. Se fueron cansados, sin reírse, vacíos o aburridos. Luego dijeron que así me habían dejado otros presos, y el director de la cárcel prohibió que se me permitiera salir a tomar el sol a las once, como lo hacía antes.

Sin zapatos ya, sigo con el tarro de chocolate entre las manos, pensando que si una noche regresa Cornelio y me ordena que me acerque a la reja, no lo voy a hacer porque no podría soportar que me matara cuando tengo derecho a vivir hasta el 19 de mayo. La ilusión de morir colgado no me la quita nadie.

47

El señor director es una buena persona. Y anda siempre muy elegante. Yo lo he visto cinco veces en estos siete años de ser su huésped. Es un hombre muy cercano a sus invitados. Si no fuera porque pronto voy a morir me gustaría vestir como él un día. Tiene cinco trajes, adivino, porque cada vez que lo vi traía uno distinto. Camina como si se le fueran zafando las caderas. Va dando pasos tan largos que parece que al siguiente va a ir a dar a un precipicio. Pienso que en su otra vida fue militar. Por eso es tan amable. Y por eso hoy le pedí a Cornelio que le dijera que quiero verlo. ¿Tú crees que el director te va a perdonar la vida?, me dijo, Ni aunque se lo pidieras de rodillas. Yo no le dije nada porque en cuanto empieza a gritar es imposible hablar con él. Lo que quiero es agradecerle al director su gentileza de mandarme chocolate caliente. Aun cuando ya no me vuelvan a dar otro, se lo agradezco porque me hizo sentir una persona de bien. Sólo las personas de bien toman chocolate y a mí me lo dieron como si lo mereciera. Bien sé que soy malo, por eso van a ejecutarme. Los hombres como yo merecen ser ejecutados.

He dicho que tengo siete años aquí y ocho de ser reo y me preocupa que ustedes piensen que deliro. Lo que pasa es que cuando me detuvieron me llevaron a una prisión de seguridad media y allí, supongo, pensaban dejarme, pero una noche los presos se agarraron a puños, palos, tubos y mordidas, y hubo cuarenta y nueve muertos. Desde mi área de prisioneros peligrosos oí el estrépito de mentadas y amenazas y luego los sonidos sordos de la pelea, los golpes secos del asesinato en masa, los gritos de Quémenlo y los quejidos de los apuñalados, los sobresaltos de los apaleados, los gritos de los moribundos. Y se oía, sin oírse, el silencio de los celadores, escondidos en alguna parte, incapaces o temerosos de enfrentarse a aquella turba. La guerra fluyó sin obstáculo, como hace siempre la salvaje libertad de la violencia, sin freno, disparatada, inevitable. A la sección donde yo estaba llegaron algunos heridos y moribundos, los rostros destrozados, las camisas desgarradas, los cuerpos de sangre. Y allá, en el patio, seguían los azotes, las piedras rebotando en los cráneos, las puntas abriendo rendijas mortales en pechos y espaldas. Mejor les hubieran prestado armas. Con las armas de fuego el estrépito es sonoro, pero rápido. Tras tras tras, uno menos, y luego cinco o diez. De esas peleas sí me acuerdo. Pero de una batalla como aquella, nocturna y misteriosa, de gritos a media noche y heridas mudas, palos crueles, martillazos mortales, no tenía yo memoria. Dos horas al menos transcurrieron entre el primer grito y el último quejido. La lucha había sido entre matones de El Único y de su gran enemigo, el Don. ¿Por qué no habían ido a buscarme para acabar conmigo si, tratándose de esos rivales, yo era víctima segura? No sé. Alguien me dijo que me salvó que la gresca creciera tanto, porque si los del capo enemigo hubieran hecho la operación tan limpia como la habían planeado, masacre rápida y mortal con treinta víctimas dormidas, seguro que luego hubieran ido a mi sección a sacarme y a lincharme. Pero como los treinta, avisados por alguien, no estaban dormidos y esperaron el asalto armados con lo que pudieron y les hicieron frente a los otros, eso impidió que los atacantes fueran por mí. De todos modos, después de aquello nos sacaron de esa prisión a los dos mil que sobrábamos y especialmente a los que pertenecíamos a cualquiera de las dos bandas belicosas. Fue por eso que llegué aquí, penal de alta seguridad y fuga imposible.

Aclarado el punto, ahora me sentaré en el piso, recargado en la reja, para otear si pasa el otro vigilante, Matías, que es un poco más persona que Cornelio. Le voy que pedir que me ayude a ver al director y le voy a aclarar que lo único que quiero es agradecerle el chocolate.

Sentado así me acuerdo de cuando era niño porque así me sentaba en las piernas de mi madre. Y ella cantaba bajito para que yo me fuera durmiendo. A veces me cantaba sin palabras. La lalalala la la. Y me mecía, un poco hacia allá, un poco hacia acá. La lalalala la la. Me estoy meciendo ahora, y mi mamá (así le digo en secreto) me acerca a su pecho y me arrulla. Qué bien se siente el calor de su regazo, lo rollizo de sus brazos, su aliento a canela. Yo no estoy preso, no, estoy sentado aquí porque quiero, porque no hay nada como sentirse querido. Voy a quedarme dormido y tal vez mañana, en cuanto abra los ojos, mi mamá me llame a la mesa (así decían mis libros escolares) para darme un chocolate caliente.

46

El señor Jiménez Aguado, el letrado que me enjuició de viva voz, vino a verme hoy por la mañana para decirme que está muy mortificado por haber sido el primero en dictar una pena de muerte. Yo le dije que no tenía por qué apenarse por eso, sino porque me la había dictado a mí. Y luego me eché a reír y le dije que era una broma. Una broma. Él se rio conmigo y después se puso serio y me dijo que siempre había creído que alguna instancia respondería favorablemente a mi apelación, y que por eso él no se había sentido culpable cuando mi asunto pasó por sus manos y dictó sentencia. Me dijo que lo que quería era salir en los periódicos porque la recién aprobada ley estaba de moda y le ganó la tentación.

Estábamos los dos sentados en mi cama, él con su toga y su birrete y yo con mis zapatos nuevos, porque cuando me avisaron que allí estaba me los puse. Ni modo que Cornelio me dijera delante del señor juez que me los quitara. Además, no quería que me viera descalzo, como un mendigo. Hay ciertas formas que deben cuidarse porque si no, se va desacreditando el mundo.

De veras, señor Pagano, me dijo, yo no creí que fueran a confirmar la sentencia una y otra vez. Pero ya ve usted, le dije, me van a colgar para que me asfixie. Qué barbaridad, dijo, y luego se quedó viendo una cucaracha que andaba por la pared. El Estado no puede ser un asesino, me dijo, porque eso será el Estado cuando lo ejecute a usted. Por cierto, agregó, ¿cuándo es la fecha? El 19 de mayo. El 19 de mayo, repitió, y se puso pensativo. Me perdonará usted que no lo acompañe, es que, sabe usted, ese día tengo una boda. ¿Un hijo, tal vez? No, no, yo no tengo hijos, es de un sobrino segundo de mi esposa. Y ya sabe usted cómo son las esposas. No, le dije, yo no tengo esposa, cuénteme. Pues le diré: el Diccionario de la Real Academia define oficialmente a las esposas como aquellas mujeres que llevan a un hombre a todas las bodas de su familia. Hombre, exclamé, qué bueno que me lo dice, tomaré mis precauciones. Debe hacerlo, es muy importante, porque no es tan divertido. Y menos cuando llega usted a las diez bodas, porque uno empieza a hacerse las ilusiones de que ya se acabaron los parientes en edad de casarse, pero siempre sale otro y uno más y otro. En fin, que lo que me apena esta vez es no poder acompañarlo en una fecha tan significativa, ¿enviará usted invitaciones? No sé, le dije, no lo he platicado con mi madre, ella es la que resuelve todas esas cosas. Pues debería, dijo, y se levantó de pronto, casi indignado. Mire usted, se mandan invitaciones para presentar al recién nacido, cuando lo bautizan, cuando la hija cumple quince años, y cuando le da por casarse. ¿No le parece a usted que es justo enviar invitaciones para el día de la muerte? Eso no puede ser, señor juez, porque nadie, excepto yo, sabe cuándo va a morirse. Lo que es una pena, dijo él. Pero véalo por el lado bueno, aproveche usted esa ventaja. Me gustaría, pero ya le digo a usted, esos asuntos los ve mi madre. Insístale, se lo ruego. La verdad es que me da un poco de vergüenza distraer a las personas de sus ocupaciones para que asistan a mi ejecución, es como un abuso, y además no tengo amigos ni parientes, así es que los que vinieran lo harían por compromiso, y a mí nunca me ha gustado que las cosas se hagan por compromiso.

Ah, ese Cornelio siempre dando la lata. Que qué tanto murmuraba, que qué estaba tramando.

Discúlpelo usted, le dije al juez, es un cabeza dura. Siempre se ensaña con mis invitados y los hace sentir mal. Por favor, no haga caso. ¡Horrible, horrible!, gritó el juez, eso de que lo ahorquen a usted es una locura. ¿Sabe usted si habrá televisión? No sé, le dije, supongo que esas cosas las resuelve el director. Patrocinadores habría, dijo, sugiéraselo. Lo haré, le dije, pronto tengo audiencia con él y, aunque nada más pensaba agradecerle el chocolate, aprovecharé para decírselo. No está mal, pensé, televisión, mientras el juez decía entusiasmado, La tele es mucho mejor que una grabación clandestina que luego alguien subirá a internet. Esos videos suelen ser de muy mala calidad. Piensa usted en todo, señor juez. Incluso podría hacerse un Detrás de cámaras, me dijo, un video corto donde se vea usted afligido, confesándose, preparándose para la ejecución. Esas cosas le gustan mucho a la gente.

Silencio, gritó Cornelio, y blandió su fuete, amenazante.

Por su culpa y por mi miedo ya no pude despedir al señor Jiménez Aguado como se merece.

45

Cuando yo era niño, mi madre me decía que de grande sería un hombre bueno, uno de esos que caminan derecho por la vida. Quizás un poco triste y pobre, eso sí, Porque la cara de pobre y triste no se te va a quitar con nada, pero qué importa, si la pobreza no avergüenza a nadie y la tristeza no es pecado. O que tal vez sería un gran hombre, de esos que salen en los periódicos con traje y corbata después de haber dicho una barbaridad, pero qué importa, decía mi madre, si hasta las barbaridades siempre se perdonan cuando las dice alguien con corbata. De todos modos, por más que me hablara bien de las corbatas, yo sé que tenía dudas sobre su valor moral porque de cuando en cuando suspiraba y decía No te creas, Ramón, a veces me entra desconfianza: tanto hombre trajeado por el mundo y el mundo cada vez va peor.

Durante un tiempo, antes de que yo cumpliera diez años, mi madre agarró la costumbre de servirme y servirse té de yerbabuena y sentarse conmigo en los banquillos azules de la cocina para decirme cosas como que En la vida hay mucha oscuridad, Ramón, pero también hay luz, el chiste es no perderse en la luz ni deslumbrarse en la oscuridad.

O decía, por ejemplo, Para ser bueno tienes que ser feliz, porque la maldad viene de la amargura.

Era muy temprano para que ella advirtiera señales de mi inclinación ladrona, pero las madres tienen corazones sabios y les dan avisos oportunos a golpe de palpitaciones amorosas, así es que intuía que debía esforzarse por mantenerme en línea recta, incluso en contra de mi voluntad torcida. ¿O es que mi padre fue bandido y ella intentaba alejarme de esa herencia? Una vez me dijo La sangre es la sangre, pero tú llevas dos, y debes procurar que gane la sangre buena.

Mi madre creía en Dios, en su bondad y en sus castigos, en su ira y en su misericordia. Castiga para encaminar al bien y, aunque se enoja a veces, su misericordia es infinita. Lo afirmaba como si hubiera conocido a Dios de frente y lo hubiera visto enfurecerse y condolerse, castigar y perdonar. Ella tenía, gracias a Dios, temor de Dios. Y si el mundo andaba dando tumbos era porque ese temor se había evaporado. Los hombres se creían eternos y despreciaban las enseñanzas divinas. Soberbios, los hombres habían endiosado al dinero y por eso les importaban más los bancos que los templos.

Creía, claro está, en el cielo y el infierno, los dos lugares invisibles que aguardaban detrás de la muerte. Uno para descansar de la vida eternamente en medio de ángeles y coros, y el otro para pagar con fuego las maldades hechas en el mundo. Uno para gozar de la alegría y la paz eterna y otro para sufrir en cuerpo desollado el tormento de la culpa.

Tú vas a ser una buena persona, me decía, de esas que son bien recibidas en todas partes y saludan a todos con respeto, al mendigo y al millonario, al infeliz y al dichoso, al que trabaja con las manos y al que cobra sin sudar. Tienes que ser bueno con la gente y no hacerle daño a nadie, Ramón.

A mí me gustaba oírla porque mientras me decía todo aquello comíamos galletas en formas de animales sin esquinas y el mundo parecía un mundo quieto, en el que sólo existían el aroma del té y la luz de la cocina, la ventana rota y el mantel de flores, la pared despintada y el foco del techo. Pero luego, cuando me iba a dormir, me daba miedo pensar en lo que pasaría si en lugar de santo era yo ratero, en lugar de bueno, perverso, y delincuente en lugar de predicador.

Por ese tiempo iba yo a la escuela y no había nada que dijera que era un ladronzuelo en formación, pues leía las lecciones y las repetía sin pausa en el salón, me gustaban las piñatas y me alegraban las colaciones, rezaba el rosario a las seis de la tarde y jugaba canicas en la calle.

Después me perdí, ya lo habrán adivinado ustedes. Y me perdí tanto que cuando me encontré estaba yo sentenciado a muerte. En fin, que lo que quiero decirles es que yo estoy aquí por mala cabeza mía, no por mi madre, que se esforzó cuanto pudo por hacerme un hombre de bien, lo que incluso hoy me parece una buena idea.

Una vez que vino a visitarme se lo dije: Madre, eso de ser un hombre bueno no es mala idea. Y ella suspiró hondo y dijo: Tarde te vienes a enterar. Y yo, aunque no entendí lo que quiso decirme, no me sobresalté, porque siempre fue buena para los acertijos.

44

A eso de las dos de la tarde vino el jefe de protocolo para avisarme que una señorita preguntaba por mí. Le ordené que dispusiera el encuentro y que pasaran a la dama a la sala principal. Ésta es una mansión inquietante. Pero uno puede darse el gusto de decirles a los asistentes Que me espere, ofrézcanle algo de tomar, háganla sentir como en casa. Lentamente, como corresponde, me lavé la cara, me peiné, pregunté si podía ponerme los zapatos, me los puse, me fajé la camisa, coloqué un seguro en el pantalón, a la altura de la rodilla, donde la tela está un poco desgarrada, y salí caminando rumbo a la sala principal. Desde los balcones todos los miembros de la corte me vieron salir de mi aposento y algunos me lanzaron flores y otros listoncillos de colores. Saben que soy el favorito del rey y se desviven por un saludo mío. Pero esta vez ni los miré. Hay que saber mantener las distancias. No todos somos iguales. Llegué, pues, a la sala principal, y allí estaba Renata.

Yo podría haberla visto como es, la cara redonda, los ojos un poco saltones, los labios desiguales, ligeramente rolliza, pero no: la vi esbelta y suave, vaporosa, los hombros en su sitio y la piel bronceada. Estaba sentada en el sillón del amor, con la mirada en el piso. En cuanto me vio se levantó y vino a abrazarme. Yo me he dado cuenta de que la nobleza no se abraza, nada más mira a la cámara, sin tomarse siquiera de las manos, así es que me ofusqué. Le dije No, no, Renata. Pero cuando estaba a punto de deshacer su abrazo ella se echó a llorar. De inmediato comprendí que estaba enterada de que el 19 de mayo partiría. Se estaba imaginando en el muelle, con su pañuelo blanco, diciéndome adiós, su sombrero blanco un poco ladeado, los ojos a punto de estallar en llanto. Y por eso lloraba. Yo le dije que no, que no debería estar triste y le dije Por Dios, deja de llorar, que por allí debe de andar un paparazzi. Pero ella seguía llorando como llora ella, con suspiros ruidosos y casi a gritos. Por favor, le dije a un mayordomo, ayude usted a la dama a sentarse. Me la quitaron por la fuerza. Me estiré la camisa para alisarla. Me senté a su lado. Estabas molesta conmigo, le dije. Encabronada, sí. Y entonces, ¿por qué lloras? Porque te vas a ir para siempre, para siempre, y no volveré a verte. Nunca se sabe, le dije, así como hay barcos de salida, hay barcos de regreso. Dejó de llorar y me vio a los ojos, enfadada. En esto se parece un poco a mi madre: no soporta que le estropeen el drama. Cuando yo, defensivamente, bajé la mirada, ella volvió al llanto. La vi como se ve a un extraño que parece deambular, extraviado. Renata, si no dejas de llorar haré que te echen. Pero poco le importaban mis palabras de consuelo. Nada la detenía. Si vienes a verme, no es para llorar, le dije. A eso vine, Ramón, a llorar, porque en la casa no puedo. Convendría que te fueras a descansar al Palacio de las Paletas de Algodón, allí puedes estar en paz, ponerte a reír si te da risa mi partida o a llorar si te parece más pertinente. ¿Al Palacio de las Paletas de Algodón? Se quedó mirando al piso. Así que viniste a llorar, dije, para sacarla de su vuelo. Y a preguntarte si lo mataste, si de veras lo mataste, porque en ocho años, en ocho años, no has sido capaz de sincerarte conmigo. Si te digo que lo maté, volverás a llorar porque no podrás soportar haberte enamorado de un asesino, y si te digo que no, te vas a poner histérica porque no podrás tolerar que me maten siendo inocente. No te digo que sí, ni que no. Te digo, nada más, que los jueces y los magistrados de todas las alturas han estado de acuerdo en mi sentencia. Ella sacó un pañuelo y se puso a doblarlo y desdoblarlo como si fuera una hoja de papel. ¿Alguna vez me quisiste, Ramón? Varias veces, Renata. Como cuándo. Como cuando te vi por primera vez, parada en la esquina del edificio de correos. Eras una recién llegada con aire triste y eso me hizo verte hermosa. Las mujeres tristes tienen algo de poesía, Renata, y más las que acaban de llegar.

La sala principal es tan importante en esta residencia que cada cinco minutos se aparece gente nueva que pide hablar con el marqués tal, el vizconde tal, y uno, por más que sea el favorito del rey, tiene que acortar la visita y echarla de allí en cuanto se haga una pausa. Tienes que irte, Renata, faltan muchos días para el 19 de mayo, así es que puedes venir otro día. Me voy si me dices si lo mataste. Qué se yo. Todo estaba oscuro, se oyeron gritos, corrí por la escalera. Y luego fueron por mí, me pusieron esposas, me dijeron que yo era el asesino, y me llevaron a la cárcel aquella de la barda color ladrillo, y luego para acá, al Castillo de los Santos, donde para entrar hay que ser noble y además miembro de la corte.

Entonces Renata, que me miraba con cara de quien no entiende nada, me dijo que seguía enojada conmigo, pero que había venido porque a pesar de todo, a pesar de mis culpas, mi encierro y mi sentencia, ella seguía queriéndome. Yo no sé si los nobles deben hablar de estas cosas, cuando a mí lo que me enseñaron es que a un hijo de marqués le escogen una esposa, se la ponen a un lado el día de su boda y luego lo abandonan a su suerte. Yo también te quiero, le dije, para darle por su lado y con tal de que se fuera. Me abrazó suavemente, como quien se despide para volver al día siguiente.

Entonces yo regresé de prisa a mi aposento, ordené que no se me molestara y me puse a llorar quedito porque algo vi en Renata que me hizo sentir que sí, que tal vez, que seguramente sí aunque quién sabe, la quería.

43

Hoy por la mañana estaba yo sentando en el retrete cuando vi una hormiga en la pared. Levanté la mano y apunté con un dedo, pero me quedé pensando. El maestro Hilario me dijo, andando el tercero de primaria, que el universo es un concierto meticuloso, una orquesta de infinita perfección, y que cada ser y no ser, cada molécula flotante y cada ser vivo representan una condición indispensable para el equilibrio del universo. De eso me acordé en cuanto levanté la mano y separé un dedo para apuntar hacia la hormiga. Las hormigas son seres diminutos, no sé si usted las conozca, son los seres más pequeños que yo he visto. Me dicen que hay otros más pequeños, pero no me consta. Las hormigas crecen por millones en todo el mundo. Se las puede matar fácilmente. Un dedo humano es para ellas un enorme ariete. Sobre la superficie de un dedo podrían amontonarse mil hormigas, para que usted se haga una idea. Así es que basta un poco de presión, casi nada, para aplastar una hormiga. En ese pequeño cuerpo que camina derecho o dando vueltas, con sus antenitas adivinando lo que viene, no hay un solo hueso. Las hormigas no hacen ruido ni al morirse. Por eso allí seguía yo, con el dedo apuntando, mientras la hormiga iba trepando. Un ser del universo. Un ser indispensable para la armonía del mundo. ¿Qué pasaría, dónde se alteraría el cosmos, en qué parte, en qué estrella, algo cambiaría para siempre si yo la mataba? Pensarlo me intrigaba. Aplastarla o no aplastarla era mi decisión, no la suya, porque no podría oponerse. Una decisión unilateral y mortal que cambiaría la ruta de los planetas, la temperatura del sol, la consonancia entre pájaros y flores. Una hormiga asesinada es un riesgo para el mundo, una causa más del calentamiento global, una manera de producir en cadena la extinción de cientos de especies. Mi dedo avanzó a unos centímetros de aquella hormiga y luego retrocedió, alarmado. Había estado yo a punto de producir cientos de fracturas siderales. No puedo, me dije, ella no conoce el momento de su muerte. Hasta en eso soy más afortunado. Matarla sería un abuso, una agresión ventajosa, una batalla ganada sin gloria. Mi dedo era el Estado y la hormiga, un súbdito indefenso. A pesar de saberlo, a pesar de mi conciencia de la reacción en cadena que provocaría, me levanté del retrete y, antes de proceder a la limpieza obligada, me traicioné a mí mismo, al maestro Hilario y al universo. Todavía no sé por qué lo hice.

42

Mi madre vino hoy. Ay, qué penas nos hacen pasar las benditas madres a los hijos. Llegó gritando. Hasta yo, que estoy lejos del salón de visitas, la oí. La reconocí al instante y quise esconderme, pero en esta habitación de cemento ocultarse es imposible. Le pedí entonces a Cornelio que le dijera que no estaba. Y a dónde ibas a ir, me dijo. No sé, a cualquier lado, a la papelería, al parque, a donde sea, por favor. Eres un reo, me dijo, un sentenciado a muerte, no puedo decirle que andas de paseo. Entonces dígale que estoy en mi clase de meditación, que estoy en la capilla, ayudando al padre a decir misa o, mejor, que estoy diciendo yo la misa, eso es, sí, que ahora soy sacerdote y estoy entregado a mis obligaciones celestiales. Pero ella seguía gritando que quería verme. ¡Mi hijo, mi hijo! La vecina se había tardado, pero por fin había ido a contarle. Claro. Sálvanos, Señor, de las vecinas.

Cornelio abrió la reja y me llevó a empujones por el pasillo. Es un mal hábito que tiene. ¡Hacerle esto al asesor del presidente! Todos los miembros del gabinete me veían. Algunos empezaron a gritar y otros a reír, como si estuvieran en una fiesta. Desagradecidos. Soy yo el que habla bien de ellos ante el presidente, el que impide que los despida cuando dicen una tontería. Porque al presidente no le importa lo que hagan, ah, pero que no digan una tontería, porque eso sí lo mortifica. Y yo siempre tengo que andar rescatándolos (a ellos y al presidente). Siempre salgo y digo: lo que quiso decir el presidente, lo que quiso decir el señor secretario. Ingratos. Me arrojaron líquidos inmundos y basura. Por eso y no por gusto llegué corriendo al salón de visitas. Y entonces mi madre me vio entrar corriendo y corriendo fue a abrazarme. Qué pena me hizo pasar. Qué vergüenza. Yo que quiero disfrutar de mi calidad de único entre todos y mi madre llorando porque van a matarme. Madre, por favor. Pero las mujeres lloran. Eso se sabe. Lo mismo la que te da la vida que la que da la vida por ti, todas lloran. Cada una en su tono y a su ritmo, pero lloran. Mi madre me abrazaba como si me le fuera a evaporar. Me dice doña Rosa que ahora sí no hay remedio. ¡Doña Rosa, la vecina! Bien calculado lo tenía yo. Hace mucho que no hay remedio, madre, eso no es nuevo. Que dice que ahora sí ya no, que ya no, que te dieron la última sentencia. Ya me dieron hasta fecha, madre. Ella se quedó muda, me vio. No sé si es de nacimiento o lo aprendió, pero eso de quedarse muda y mirarlo a uno de cerca con ojos atónitos causa muy buen efecto. Es como estar en una gran película. Sintiendo que ochenta espectadores, conmovidos, nos veían desde sus butacas, dije: 19 de mayo. Ella preparó un largo grito, pero oportunamente la distraje. ¿En qué día cae el 19 de mayo, madre? Mi madre siempre ha sabido en qué día cae cualquier fecha. Es una habilidad suya. Casi no sirve para nada, pero lo hace muy bien. En sábado, dijo. Eso pareció bajarle la conmoción. Naciste en sábado, me dijo, muy quedo. Entonces estamos de suerte, le dije. Era un sábado lluvioso. Las calles estaban llenas de lodo. Mi madre había salido a barrer el agua que se había encharcado junto a la puerta y que amenazaba con meterse a la casa cuando sintió que el vientre se le hacía de agua adolorida. Se sentó allí mismo, en un escalón, paralizada. Su cuerpo estaba por reventar. Llovía tanto que nadie la oyó gritar, apurado todo mundo en su propio encharcamiento. Allí asomé la cabeza. Mi madre dice que lo primero que vi fue el agua oscura, corriendo calle abajo. Y que allí mismo, apenas levantada, me fue recibiendo con sus manos. Estabas húmedo y caliente, pegajoso. Mi madre me abrazó, me estrechó contra su pecho para protegerme del frío y de la lluvia. Dice que mi papá pasó por allí en ese momento, que se detuvo, que torció el cordón del ombligo hasta que se rompió, que esa fue la única vez que me vio. Y ahora te van a matar, dijo.

El jefe de protocolo del salón de visitas pasó a decirnos que ya se había acabado el tiempo. Y como mi madre no dejaba de mirar el techo, los ojos pasmados de lágrimas, me levanté sigilosamente y caminé por el pasillo, de regreso a mis habitaciones. Luego la oí gritar de nuevo, antes de que la echaran de palacio.

41

Faltan cuarenta y un días para el 19 de mayo. Esta mañana se me ocurrió algo que me hizo pegarme a la reja y gritar durante una hora que me trajeran un plumón azul. Ya tráiganle su lápiz al niño, gritó alguien. Nos va a reventar los oídos, dijo otro. Así es que Ramiro Santiesteban, que fue mi vecino y que ahora anda de jefe de custodios, vino a verme por órdenes superiores. Que para qué lo quieres, bebé, me dijo. Para escribir en la pared. Ramiro se fue y regresó después. Dice el subdirector que entonces no te da el plumón, que la pared de tu celda es propiedad del Estado. También mi muerte, le dije. Confundido por mi respuesta, Ramiro sacó el plumón del bolsillo trasero del pantalón y se rio. Estás cabrón, me dijo.

De noche, para que nadie vea, estoy dibujando un calendario en la pared. Los nombres de los días, los números de las fechas. Cada que escribo un número me le quedo viendo. Esto es un día, me digo. Es un día más y un día menos. Dibujo los números con cuidado, redondos, bien marcados. No son números cualquiera, sino la cuenta de mis días. Lo único que tengo es la vida, pensaba antes, y ahora pienso que lo único que tengo es el tiempo. Tiempo de vida, que, tan cerca de la horca, es más bien tiempo de muerte. Cada minuto respiro veinte veces. Dentro de cuarenta y un días dejaré de respirar. Para eso me van a colgar. Para cortarme el aire. Durante veintinueve años respiré sin darme cuenta, y ahora que ya he terminado de dibujar el calendario de mi muerte me recuesto en mi cama de concreto y empiezo a sentir mi respiración, de ida y vuelta, como un susurro. Es un susurro suave que me dice Hoy estás vivo, y que luego me pregunta Para qué estás vivo. Siento el aire en mi cuerpo, siento cómo va corriendo desde el pecho hasta las piernas, la cabeza, los dedos. Dormimos todos los días para ensayar la muerte. Cuánto se parecen el sueño y la muerte. Son hermanos. El talante que tengo ahora, con los ojos cerrados, respirando suavemente, es muy parecido al que tendré después de muerto. Aunque tal vez no. La asfixia me dejará la cara diferente, torcida, los ojos saltados, la lengua oscura. He visto a los colgados. En fotos o en sueños los he visto. Se ven tan solos. Un ahorcado es un hombre solitario. Para eso cuelga, lejos del piso, atado desde el cielo, para que se sepa que está solo, que nadie más murió con él, que fueron sólo sus pulmones, su garganta y su boca los que dejaron de ser útiles. Pulmones, garganta y boca de cartón. No es que los demás tengan órganos de hierro. Es nada más que a ellos no los han colgado. Todos somos vulnerables a la asfixia porque vivimos del aire. Somos aire y agua. Y nosotros creyendo que no, que somos carne y hueso, y más: almas santas, espíritus benditos, hijos de Dios.

Oyendo mi respiración sigo pensando: algunos se ahorcan solos. Son los solos entre los solos. Toman una cuerda, se encierran o se alejan. Que nadie escuche ni vea. Que nadie los detenga. Aislados, siguen paso a paso el ritual que han pensado durante mucho tiempo. La cuerda, atada a alguna parte, el nudo bien hecho, capaz de cerrarse sobre su cuello. Se suben a una silla, se colocan el aro de la muerte. ¿Rezarán estos solitarios? ¿O sabrán, como mi madre, que Dios no les dirige la palabra a los que se matan? Las piernas temblarán, tal vez, dolerá la cabeza, quizá, darán ganas de llorar, no sé. Un instante antes del último momento se acordarán de algo, de cuando eran niños, de cuando su madre los llevaba de la mano, de cuando vieron por primera vez la luna, de cuando tocaron otra piel en la antesala del amor, de cuando empezaron a sentir esta ansiedad por estar muertos. Se acordarán de algo y apartarán la silla para quedar suspendidos. Para morir ahorcado hay que estar consciente de que uno puede arrepentirse, y por lo tanto hay que asegurarse de que, cuando llegue esa tentación, por más que uno lo intente no podrá salvarse. Matarse es acabar con el mundo en un segundo. Si uno no existe, nada existe.

Yo no pienso ahorcarme. Tengo muchos ayudantes que se encargarán de eso. El Estado tiende a crecer como enredadera cada vez que hay una ley nueva, por eso me ha hecho favor de contratarme todo un grupo de especialistas de la muerte. El que se asegurará de mantenerme vivo y sano hasta el día de mi ejecución, el que me tomará la presión antes de llevarme al cadalso, el que vendrá a ofrecerme consuelo espiritual, el que me asesorará por estos días para que mi mente no divague, los que redactarán los papeles oficiales, necesarios e inútiles, los que firmarán las autorizaciones, certificaciones e instrucciones, el que instalará y pondrá a punto las herramientas de la horca, el que me cortará el cabello, el que quitará el apoyo de mis pies, el que contará los segundos de mi agonía, el que certificará que he muerto por ahorcamiento, de acuerdo a mi sentencia, el que dará fe de que soy yo y nadie más el que acaba de morir, el que justificará las razones de mi condena, el que saldrá a hablar con los periodistas para explicar cómo mi muerte evitará que otros delincan, el que me bajará de la cuerda, el que tomará nota de mi facha, el que resguardará el cadáver, el que lo entregará a mi madre en presencia de un notario público, el que proporcionará los servicios funerarios pagados por el Estado, el que me hundirá en la tierra, los que arrojarán paladas de sepultura, el que hará y pondrá sobre mi tumba el letrero de mi nombre.

El Estado es buen asesino, responsable, considerado, y buen enterrador. No pude caer en mejores manos. Si muchos viven del dinero público, yo moriré gracias al dinero público.

Por eso no tiene caso que yo, teniendo a mi disposición tanto personal, me ahorque solo. Además, no sería lo mismo. Acaso pasaría a ser uno más de aquellos que se quitan la vida en este país de suicidas, un número en la cuenta. En cambio, ya lo he dicho, ejecutado legalmente seré un nombre único en la historia. Ramón Pagano fue el primer ciudadano mexicano ejecutado por el Estado mediante el remoto y vigente método del ahorcamiento. Ramón Pagano, un humano de segunda, nacido en una inundación, vividor de lo ajeno, blanqueador de dinero, asesino inconfeso, inocente tal vez, fue el primero. Los niños aprenderán mi nombre y lo pondrán en un examen. Tienes diez, Juanito, qué buena memoria.

Recostado, veo mi calendario. Es casi una obra de arte. Expone los días que me restan con una sabiduría fría, profesional, nada le sobra. Son mis últimos días, los únicos que viviré intensamente, sabiendo que la vida se consume y que, aun cuando comparto con todos la certeza de mi condición mortal, soy el único que sabe, con toda precisión, cuándo se acabará el mundo.

40

A las ocho en punto vinieron a despertarme. Ah, oh, eh, qué atentos. Me han traído al capellán de la cárcel. Tiene el cabello blanco y los ojos claros, transparente la piel, largo el mentón. Es un buen hombre y lo parece. Me ve con ojos curiosos y discretos. Los hombres buenos ven así a los que están cerca de la muerte. Así deberíamos vernos los unos a los otros, puesto que nadie sabe en qué momento el otro, ese ejemplo de vitalidad, estará muerto. ¿Cadáver yo? ¡Cadáveres todos!

El sacerdote me dijo que me traía la Palabra de Dios. Bien está eso, pensé. Con la palabra hizo Dios el mundo, separó las tinieblas de la luz, el agua de la tierra, y, cuando ya no tuvo nada qué crear, inventó al hombre. Y el hombre de barro, y sin embargo con costillas, intuyó que debía poner la expresión exacta, el semblante preciso, para que el creador le entregara una compañera. Si no, qué caso tiene, habrá pensado. Y Dios hizo a la mujer. Todo con la palabra. Así es que me ha traído la palabra de Dios, dije, ése es un regalo inmerecido.

El clérigo me preguntó si podía sentarse y yo le hice lugar a un lado mío, en mi cama de concreto, ya se sabe. No tengo otro lugar para recibir visitas en mis habitaciones. Entonces el sacerdote abrió su Biblia y leyó sin leer, puesto que se notaba que se sabía aquello de memoria: "Porque tanto amó Dios al mundo, que dio a su Hijo unigénito, para que todo el que cree en él no se pierda, sino que tenga vida eterna". Mi visitante se quedó callado un instante. Tenía la apariencia satisfecha de quien está seguro de haber puesto ungüento sanador en heridas ajenas. Me parece muy bien, dije, aunque no sé para qué querría yo una vida eterna. La vida eterna, me dijo, es el retorno a Dios, el cobijo de su misericordia, el regreso a la feliz morada de la que salimos para venir a la Tierra. Aquello daba ocasión para muchos desplantes e ironías, pero estaba yo de buenas y puse cara de que eso era un gran consuelo.

Para morir hemos nacido, dijo el sacerdote, ya confiado. Yo estaba dispuesto a darle la razón en todo. Padrecitos y pastores, obispos y líderes de todas las iglesias hablan de la eternidad como si les constara que existe y de Dios como si fuera su amigo. Debe de ser agradable vivir así, hablando de lo que no se conoce y además prometiéndoselo a quien se deje.

Pensé entonces que aquella conversación necesitaba algo de drama. Padre, le dije con la voz entrecortada, voy a morir. La muerte es en realidad una resurrección, contestó. ¿Resucitaré, padre? Gracias a Jesús todos resucitaremos. ¿También el verdugo que me ejecutará? También, dijo. Y los jueces y ministros que confirmaron mi sentencia. También. ¿Y yo, que asesiné? ¿Quieres confesarte? No, padre, no se encaje. Endurecí la expresión para contenerlo. No quería que insistiera porque yo iba a seguir diciendo que no y los dos nos íbamos a aburrir muchísimo.

Cuénteme algo, padre, algo que le haya pasado a usted. Pues nada, hijo, que nací hace ochenta años, desde los 25 soy sacerdote y sé que pronto volveré a la gloria del Señor. Allá lo esperaré, dije. A lo mejor soy yo quien te espere. ¿Usted cree que puede morir antes que yo? Cualquier día, nunca se sabe. ¿Quiere confesarse?, le pregunté. El religioso se incomodó. No lo haría contigo, hijo, para eso hay ministros del Señor. Yo soy comprensivo, le dije. A diferencia de los sacerdotes, tengo experiencia en el pecado, lo escucharía sin escandalizarme, lo absolvería con toda la conciencia de lo que estoy haciendo. Mira, hijo, tú no estás para confesar a nadie, lo que necesitas es perdón. ¿En dónde se consigue el perdón, padre? En tu interior, haz un acto de contrición, y luego confiésate para que Dios te perdone. ¿Usted cree que Dios esté pendiente de mi caso? Seguramente. ¿Él les dijo a los jueces que me sentenciaran? Por los actos de los hombres responden los hombres. ¿Y por qué él no me perdona? Yo creo que ya te perdonó, pero tú debes seguir pidiendo perdón. ¿Hasta cuándo? Hasta el día de tu muerte. Bueno, pues entonces ya váyase, tengo muchas cosas qué hacer. ¿Como qué? ¿No sabe usted que yo soy el asesor del presidente en casos de muerte forzada? Dios Santo, se sobresaltó el sacerdote, tienes que confesarte antes de que pierdas la cabeza.

No cabe duda: los ministros de Dios siempre llegan a inesperadas conclusiones.

39

Esta mañana recibí en la sala de consejo al secretario de Comunicaciones y Transportes. Es un hombre alto y delgado, que camina inclinado hacia adelante como si buscara algo en el piso. Según me dijo, estaba muy mortificado por mi sentencia. Se paseaba de un lado a otro, nervioso, estrujándose los dedos, y daba pasitos cortos. Por favor, siéntese, señor secretario. Había conocido mi historia desde el día en que se publicó mi primera sentencia y había seguido el curso de mis apelaciones hasta que se enteró, oh, Dios, de que ya no tenía ninguna esperanza. ¡Ninguna!, exclamó, y se acercó a verme a los ojos. ¿Es usted de fiar?, me preguntó. Le dije que sí, que no me escaparía y que el 19 de mayo estaría allí, casi ansioso. ¿Me puedo sentar? Se lo he estado pidiendo desde que llegó, le dije, bien acomodado en el sillón de la cabecera de esta mesa con trece lugares. Aquí es donde presido las reuniones del Comité Ejecutivo de la Ejecución de Ramón Pagano. Yo fui el que le puso nombre a este comité y estoy consciente de la cacofonía, pero no quería perderme ninguna de las dos palabras: ni Ejecutivo, término que da mucho realce a un comité, ni Ejecución, que en este caso es la materia misma de este cuerpo colegiado.

El hombre se sentó en la primera silla del lado derecho, lo que me produjo una sensación incómoda, pues hubiera preferido que se sentara al otro extremo del sitio en que estaba yo. Así las conversaciones adquieren otra dimensión y se desarrollan en un ambiente de solemnidad que difícilmente puede alcanzarse en la cercanía. Aquello no era una conversación entre amigos, sino un acuerdo entre un ministro y el asesor principal del presidente. Acepté, sin embargo, su imprudencia y me dispuse a oír.

Me contó que desde el inicio de su mandato el presidente les había dicho a todos los integrantes de su gabinete: Quiero pasar a la historia como el mejor presidente del país. El mejor. Sin medianías. En este objetivo ustedes tienen un papel secundario, pero relevante. Cada uno de ustedes hará algo muy grande en su secretaría, algo tan grande y recordable que por sí mismo haría de mí el presidente más querido y recordado. Si cada uno cumple esta instrucción, habrá quince motivos al menos para estampar mi nombre en la historia. Como qué, preguntó el secretario de Educación, que siempre tardaba en entender las cosas. Use su imaginación, señor secretario. Así es que, me dijo el secretario de Comunicaciones y Transportes, he echado a andar la imaginación en estos dos años y nada grande se me ocurre. ¿Quiere consejo?, pregunté. No, no, quiero su ayuda. Me complace ayudar, dije, es la mejor manera de acumular favores y lealtades.

El hombre bajó la voz. Es muy importante, dijo. Adelante, murmuré yo también, tratando de disimular mi curiosidad. Verá usted, dijo, el puesto que tengo es muy limitado. Sólo puedo hacer obras grandes, de esas por las que recibo y reparto comisiones y que luego alguien se encarga de calificar de carísimas y mal hechas. Por eso busco algo nuevo, algo que me lance a la posteridad y que al presidente le resulte suficiente para dejarme en el cargo hasta que se acabe su gloria. ¿Y qué es eso que usted quiere hacer? El ministro se levantó y luego vino a ponerse detrás de mí y a decirme al oído: comunicar al país con el más allá. Luego se irguió, tamborileó los dedos sobre el respaldo de mi sillón y recorrió todo el perímetro de la mesa hasta que regresó a su silla. Ya no estaba nervioso sino efusivo. Sus ojos eran luces de bengala.

¿Cómo ve usted? ¿Me distinguirá con su colaboración? Me sorprendí y sentí envidia. Aquel hombre parecía un funcionario mediocre y acababa de revelarme un objetivo realmente extraordinario. ¿Y qué puedo hacer yo? Ah, claro, lo sabía, el proyecto me interesaba. El hombre se frotó las manos y me dijo: Usted va a morir el 19 de mayo. Y lo sé de cierto, no lo supongo, en eso le llevo ventaja a todos, incluyendo a Jaime Sabines. Como conoce hasta la hora de su fallecimiento, mis técnicos pueden establecer las conexiones necesarias para que usted transite de la vida a la muerte sin perder contacto con nosotros. Parece interesante, le dije, pero lo que quiero es olvidarme del mundo, llegar al otro, y descubrir allá la manera de ser feliz. Mi objetivo, dijo el ministro, no es incompatible con el suyo, de hecho son complementarios. Usted no tiene que hacer más que informar lo que ve, lo que oye, lo que siente, lo que toca y lo que huele. Nosotros le estaremos enviando sólo mensajes de verificación. Recibido, recibido, y quizá alguna instrucción que apreciemos necesaria. ¿Acepta usted? En principio sí, dije, pero permítame pensar en ello unos días. Debo decirle que le pediré una misión especialísima. Cuál. El hombre volvió a levantarse y a acercarse a mi oído para decir: confirmar o desechar para siempre la existencia de Dios. Y si existe, tendrá que reportar cómo es, cómo habla, qué piensa, a quién le va, qué come y cómo viste. Señor secretario, exclamé, y me levanté violentamente, está usted poniéndome en riesgo: si Dios existe, ya escuchó, y para proteger su santa identidad me mandará al infierno. Desde donde podrá verificar la existencia del Diablo, dijo, frotándose las manos, el ya famoso secretario.

Confundido, y que conste que no me confundo con frecuencia, le señalé la puerta de salida. El señor secretario avanzó y antes de salir se giró para decirme: ¿Lo pensará, señor Pagano? Si colabora, usted entrará a la gloria no una vez, sino dos veces.

Hay visitas que lo dejan a uno cavilando.

38

El juez Jiménez Aguado debe de traer mucho dolor en la conciencia. Fíjense ustedes que hoy ha tenido un gesto extravagante: me ha enviado a un sastre, nada menos que a un profesional del arte del diseño y la costura. ¿Lo que yo quiera?, le pregunté al sastre, un hombre gris, de ojos adormilados y nariz protuberante. Tiene una frente tan grande que empieza arriba de la mirada y no acaba nunca. No pensé que los sastres necesitaran tanta inteligencia. Pero éste, que dijo llamarse Jacobo, es evidentemente un hombre muy listo, porque lo primero que me dijo fue: ¿Cómo le gustaría a usted lucir el día que lo maten? ¡Ah, eh, oh, qué práctico y perverso! Y yo, que no quería recibirlo, ordené que abrieran la reja y lo dejaran pasar. Me entusiasmó que sin saludar siquiera fuera capaz de lanzarme una pregunta tan intrigante. Siéntese, por favor. El hombre se sentó y se me quedó mirando. Qué, dije, pero él seguía mirándome. Ah, la pregunta. Pues mire usted, no lo había pensado, como que me imaginaba con mi ropa de presidiario, bien remendado y planchado, porque, eso sí, uno no está para dar lástimas. Déjeme ver, dije, y puse cara de quien está pensando, pero la verdad es que no pensaba en nada. Yo, cuando pienso, no tengo cara de estar pensando. Y fingir me dejó en blanco. Lo miré y le dije Hable, hable usted, inspíreme. El señor Jiménez Aguado pagará mis servicios. Hable más, no se detenga. Puede usted escoger el corte que apetezca, dijo, y me mostró una tablilla con un ciento de pequeñas telas de todos colores y texturas. Un traje, ¿eh? Si usted así lo desea. Nunca he tenido un traje. Magnífico, entonces. No, no, eso me hace ilusión, pero por otro lado no quiero parecer lo que no soy. ¿Qué es usted?, preguntó con fría curiosidad de experto. Un delincuente, dije. Puede venirle bien un traje oscuro. No, no, esos los usan otro tipo de delincuentes, no, déjeme pensar. ¿Qué tipo de delincuente es usted? Pues uno del montón, ordinario, soy casi un tipo bueno. ¿Por qué lo van a matar? Por matar, claro está, pero eso no me sube de escalafón. Fue casi por accidente. El sastre se quedó pensando, con un dedo horizontal debajo de la nariz. Parecía un pensador profesional, uno de esos que posan para una escultura pensante. La brillante cabeza, con una docena de hilos blancos a los lados, lo hacía semejarse a un senador romano. Me daba pena interrumpirlo, pero dije: ¿Qué tal un hábito de monje? El hombre tardó todavía dos minutos en abrir la boca: ¿Qué hábito sería, de un monje cisterciense, franciscano, cartujo, dominico? Y además, ¿qué clase de monje quiere parecer usted: cenobita, anacoreta, sarabaíta, giróvago? No pensé que fuera tan complicado, alegué. Pues ya ve usted. Si me permite, usted podría ser sarabaíta o giróvago, tengo entendido que son algo tramposos y mundanos, vaya usted a saber. Ni siquiera sé qué es eso, sólo sé que me gustaría ir al cadalso vestido de monje, con capucha, desde luego, para lucir más misterio y dignidad. Si ése es su deseo, eso haré. ¿Se imagina, señor sastre? Salgo y la gente enmudece, fotógrafos y camarógrafos se codean por una imagen mía, la capucha cubriéndome la cabeza, sombreándome el rostro, mientras yo avanzo adusto y sereno. Es un santo, pensarán algunos. Y habrá lágrimas. La gente pedirá que se me perdone, pero ya será demasiado tarde. La sentencia se cumplirá, lo que dará un aire de eternidad a la tragedia. Sí, sí, un hábito con capucha. Lo haré, pero antes tendré que consultar a la Iglesia, ya ve usted, a veces se ponen difíciles. Dígales usted que soy un mártir, a la Iglesia le gustan los mártires. Lo intentaré, pero, si no, ¿volvemos al traje? No, dije, es la corbata, sabe usted, me sentiría ahorcado antes de tiempo. Bien, bien, si no quiere traje, me parece que su tipo de delincuente se vería bien con una camisa blanca, sin botones, de mangas amplias y estrechas en los puños. Danton. Sí, algo así, Gérard Depardieu en la película de Danton. Ah, la vio. ¿Me dejarán que yo hable como Danton ese día? Tengo que dejarme crecer el cabello, hable usted con el director, por favor, dígale que es parte del diseño. ¿Y el pantalón, qué me recomienda? Negro, un poco abombado de los muslos y estrecho en los tobillos, sobre unas botas negras, de puntas redondeadas y tacones pequeñitos. Es usted un genio, señor sastre, sí, eso quiero, dígale al señor juez que eso quiero, y llévele mi agradecimiento. Me frotaba las manos, radiante y satisfecho. Ya no sería yo un mediocre ejecutado. Mi retrato se alzaría como un clásico en la historia. Por favor, vaya, vaya usted. Empiece de inmediato.

El señor sastre se levantó. A pesar de haberlo visto llegar, no me había dado cuenta de que medía casi dos metros. Nunca pensé que hubiera sastres altos. No puedo irme, dijo, tengo que tomarle las medidas. Sí, sí, claro, por favor, me entusiasma la idea. Don Jacobo me pidió que me pusiera en pie sobre mi cama de concreto. Así no tenía que agacharse. Seguía siendo encantadoramente práctico y perverso. Los sastres tienen algo de macabro, ¿se han fijado ustedes? Se ponen una cinta métrica al cuello, lo examinan a uno como si fuera cadáver y entran en éxtasis, el entrecejo tenso, la mirada aguda, los dedos helados. Vertical, horizontal, cintura, manga, pierna, muñecas y tobillos. Perfecto. Si ya tenía suficientes motivos de gratitud hacia el juez por haberme sentenciado a muerte, ahora mi aprecio iba al alza. El sastre metió su cinta y sus apuntes en un portafolio desgastado y antes de salir se volvió para decirme: ¿Quiere usted que pase sus medidas al departamento de ataúdes? Le hice una seña con la mano. Sí, ande usted, no quiero que mi última morada me apriete ni que me quede holgada. Le sentará perfectamente, dijo, y no supe si se refería a la ropa o al féretro.

¿No les dije que los sastres tienen algo de macabro? Además, dejó la habitación helada. ¿Vino un sastre a tomarme medidas o vino la muerte a calcular mi peso para cargarme hasta el infierno? La duda me hizo estar despierto hasta las tres.

37

Mi madre ha vuelto. Vestida de negro, eso sí, con un velo en la cabeza. Cuando llegué a la sala de visitas, estaba sentada, cabizbaja, con un rosario entre las manos. Madre, dije, y le toqué el hombro. Arrodíllate, me dijo. Vi en círculo. Había otros visitantes y otros visitados por allí. No, pensé. Arrodíllate, dijo más fuerte. Y me arrodillé como cuando era niño, obediente y triste. Santa María, madre de Dios. Aquello duró doce minutos. Menos mal que me perdonó las letanías. ¿Ya te confesaste? Todavía no, madre, me estoy preparando. Confiésate. Si los hombres no te perdonaron, tienes que alcanzar el perdón de Dios. En eso ando, madre, aquí las cosas no son fáciles. ¿Ya te arrepentiste? De qué, madre. De tu vida, de tus malas compañías, de tus atrocidades. No he tenido tiempo, madre. ¿No has tenido tiempo? Aquí te sobra. Lo que pasa es que no haces más que haraganear, esperar tu comida, dormirte como el ángel que no eres. Hay muchas ocupaciones aquí, madre. Por ejemplo, pensar. Uno tiene mucho qué pensar cuando le faltan treinta y siete días para morir. Usa esos pensamientos para arrepentirte. Orienta tus pensamientos a Dios. Si eso haces, hazlo bien. Y luego las visitas, madre, no la suya, desde luego, sino la de otros. Ayer vino la muerte vestida de sastre. Otro día recibí al secretario de Comunicaciones y Transportes. Luego están los asuntos del presidente, Renata, el juez Jiménez Aguado. Y aquí no quieren darme ni una agenda. Diles a todos que no estás, que estás ocupado, que necesitas tiempo para arrepentirte. Eso haré, madre. Cada vez que le digo que voy a obedecerla mi madre se desilusiona un poco porque se siente despojada. ¿Si voy a hacer lo que me dice, ya qué puede seguirme reprochando?

Quiero contarte, me dijo de pronto, que cuando eras niño hiciste un milagro. Tu tía Domitila se estaba muriendo, ¿te acuerdas? Le habían entrado fiebres y tenía la piel amarilla. Todos los doctores del barrio huyeron. Ya déjenla, dijeron, tráiganle un confesor, póngala en un ataúd desde ahora porque ya de muerta va a pesar una barbaridad. Médicos inútiles, para tales consejos no hace falta ciencia. Y entonces, ya dentro del cajón, con velas apagadas que prenderíamos en cuanto expirara, me dijiste que querías tocarle la frente. Te cargué, alargaste tu mano y la rozaste apenas. Y ella abrió los ojos. Ya no estaba amarilla ni parecía cadáver. Nos apuramos a sacar a empujones al padre Jacinto y a esconder las veladoras, las flores y la imagen del Santo Señor del Perdón para que no se diera cuenta de que estábamos a punto de velarla. ¿Pero cómo íbamos a disimular que estaba en un cajón? Allí nos atrapó. Ah, dijo, mujeres impías, estaban celebrando mi muerte. Se salió del ataúd como pudo y luego se acercó a donde estábamos tú y yo. Y tú, niño, ¿por qué me detienes si ya empezaba a ver el cielo? Desagradecida. Para qué te cuento los gritos que siguieron. El caso es que ibas para santo, y mira dónde has terminado.

Mi madre estaba exhausta. El relato aquel la había agotado. Entonces empezó a llorar despacito y a decirme que yo era un hijo ingrato, que no había tenido compasión de ella, que sólo había nacido para darle disgustos y pesares, que me quería más que a nada en el mundo y que la iba a dejar sola. Sola, repitió, y me miró con esa mirada materna que tiene tanto éxito en el cine, se levantó, me dio un beso y se fue vestida de negro, recortadita como figura de papel. Mi madre nació para ser madre, pensé, todo lo hace con impecable precisión y acierto.

36

Acostado, pienso que a mi madre le asiste la razón en todo, menos en eso de que no tengo nada que hacer. Habían de ver ustedes el trabajal que carga un asesor del presidente. Siempre están llegando asuntos a mi despacho. Que ya pasó un ciclón y dejó sin casa a diez mil, que ya bajaron los precios del petróleo y ahora de dónde sacamos el presupuesto, que ya mataron a diecisiete y ni se supo quién, que quién sabe qué secretario dijo tal atrocidad, que la prensa anda con el borlote de los derechos humanos y que ya nos encontraron otro motivo de escándalo e indignación popular, y de pronto, a las carreras, y para ayer, hay que hacerle un discurso al presidente para que diga que la patria no está tan mal: se equivocan aquellos que creen. Así empiezo los discursos muchas veces. Qué falta de imaginación la mía. Pero es que casi siempre llega el jefe de asesores y me dice que el presidente necesita un discurso. De qué, para qué, contra quién. Tú hazlo y ya, tienes veinte minutos. Y allí estoy yo, consiguiendo lápiz, papel y diez frases sonoras. Ni siquiera ser presidente es tan difícil. A ver, cómo empezamos: hoy, queridos amigos, si se trata de una reunión amistosa; honorables invitados, si es de protocolo; no dejaremos que la patria se nos deshaga en las manos, si es de urgencia; se equivocan aquellos que, si es de combate. Es un trajinar que ya quisiera yo que supiera mi madre, a ver si así seguiría diciendo que mi único quehacer es arrepentirme.

El otro día el presidente mandó preguntar qué hacía: si enviaba a la policía a reprimir a unos rijosos o si los dejaban hacer lo que quisieran. Yo le mandé decir que lo mejor era no hacer nada, que así nos la hemos pasado todo su gobierno y el país todavía existe. Claro que para llegar a esa conclusión fue necesario estudiar mucho, encontrar fórmulas de teoría política, analizar antecedentes históricos, repasar estadísticas. Muchos creen que el consejero recomienda lo primero que se le ocurre. Si fuera tan fácil, cualquiera podría ser asesor del presidente. Además, no puedo equivocarme, porque al primer consejo fallido seguro me despedirían y qué iba a hacer yo, desempleado el resto de mi vida, que no es mucho, claro, treinta y seis días se pasan como quiera, pero no me gustaría tener tanto tiempo para arrepentirme. Por cierto, ya redacté la carta dirigida al presidente para pedirle permiso el día de mi ejecución. Ese día no trabajaré. Lo tengo decidido. Aunque me reporten y pongan un extrañamiento en mi expediente. Luego puedo pedir revisión de mi caso para demostrar que no me tomé el día nada más porque sí.

El presidente ha sido buen jefe. Lee todos mis discursos tal como se los mando, y dicen que hasta ordena poner una pantallita para irlos leyendo sin tropiezo y que parezca que él mismo se los está inventando. Para eso hace falta tener mucha confianza en su asesor. Soy un redactor de discursos ideal porque ya no tengo nada que perder y puedo escribir cuanta barbaridad se me ocurra.

Siempre me he preguntado cómo fue que el presidente tuvo la idea de hacerme su asesor principal cuando soy un condenado a muerte. Yo creo que se identifica conmigo. Tanto él como yo sabemos la fecha en que vamos a morir: yo, el 19 de mayo, él, cuando deje el cargo. Pasará de ser el infalible a ser el culpable de todo, de perfecto y sí señor, a plagado de defectos y no señor. Moriremos los dos después de esta etapa de gloria. Ahora volamos, dictamos el destino del país y llevamos al infortunio a millones de ciudadanos, la gente nos aplaude y hasta el más rejego nos saluda con respeto. Cuando salimos al extranjero, es decir, cuando él sale, porque a mí me encarga la paz del país mientras se ausenta, tenemos grandes satisfacciones, halagadores protocolos y competencias de himnos nacionales. Cuando vamos de visita a otra nación, el presidente anfitrión en persona sale a recibirnos, nos adula y nos ofrece cenas magníficas. Es muy emocionante salir de gira por el mundo, porque nadie nos culpa de nada y nadie parece estar enterado del desastre que tenemos aquí adentro. Por eso nos vamos (se va él, claro, con mis discursos) tan seguido. Cada que queremos respirar caravanas y salutaciones, salimos a pasear el escudo nacional.

Y no nos importa saber que vamos a morir. Hemos aprendido a vivir el momento, como recomiendan los especialistas en felicidad. Hoy, gloria y confeti; mañana, olvido y desprecio.

Yo creo que el presidente estará en mi ejecución. Primero, porque como Jefe de Estado le corresponde venir a celebrar conmigo esta fecha histórica, y, segundo, porque he sido un asesor eficiente, nunca le he quedado mal, y siempre he actuado de buena fe y en favor de sus intereses. No muy seguido, pero sí a veces, he pasado la noche en vela preguntándome dónde lo voy a sentar el día que me ahorquen.

35

Todo está dormido en Palacio. Aquí reina el silencio, aunque algunos de mis colaboradores ronquen. El silencio absoluto no existe. Esta paz me invita a contarles mis secretos. En voz baja, por supuesto. Nadie debe enterarse. No es que me avergüence, pero es que hay cosas que no se pueden contar a todo el mundo. Por ejemplo, lo que hoy quiero revelarles: un día me enamoré.

Estábamos en pleno auge. El jefe que yo tenía entonces estaba en la cúspide de la maldad. Todos los periódicos, las revistas y la tele hablaban de él, y el pueblo lo admiraba abiertamente. Eran días llenos de oscuridad, como me gustaban en esa época. Nos escondíamos en un lugar distante de todo, pero abrigados de comodidades. Teníamos paisaje, flores, seguridad, aire limpio, una piscina, pantallas planas en cada salón y aire acondicionado en cada habitación. El dinero corría en grandes cantidades. Todos los días llegaban cargamentos de dólares. Bajaban los emisarios del dinero con enormes portafolios repletos de billetes frescos, como si estuvieran recién hechos. Juanico y yo nos poníamos a contarlos en la bodega del fondo. Nunca vi tanto dinero y nunca tuve que contar tantos millones. Fue una época bonita, llena de bonanza y optimismo. Por las noches yo le daba cuenta al jefe de su fortuna. Hoy llegó tanto, lo que hace un total de tanto en la semana. Él se ponía a hacerme preguntas. Esto de qué y esto de qué. Quién falta de pagar. A ver, dile a Rosendo que mañana visite a Alanís, se está atrasando mucho. Se los está haciendo pendejos, Pagano, díselo para que lo remedien. De vez en cuando pedía ver el dinero. Íbamos a la bodega, que siempre custodiaban Tomasón el Gordo y el Tractor, con sus ametralladoras listas y forrados de cartuchos en la cintura y en el pecho. Entrábamos y se ponía a ver las cajas, los enormes fajos de billetes, los hacía sonar con el dedo pulgar y respiraba la pequeña brisa como se respira el aire frente al mar. Le daba un beso a cada paquete. Esto es trabajo, Pagano, nadie nos regala nada. Acuérdate siempre. Para tener esto hay que matar y estar dispuesto a morir, Pagano, te lo digo porque a veces parece que no te das cuenta. Tú crees que todo es contar y guardar. Te me estás echando a perder desde que te nombré administrador, por eso no quiero que se te olvide. Para que este dinero llegue aquí tiene que correr mucha pólvora y unos cuantos muertos, hay que llenar las manos de docenas de ciervos del gobierno, pensar mucha logística y pasar muchos sustos. Nadie nos regala nada, ¿entiendes? Y seguía besando los fajos de billetes, uno a uno, y se persignaba.

Luego, más noche, unos veinte matones nos poníamos a jugar dominó de dos en dos, de cuatro en cuatro, a la luz de hogueras pequeñitas, a tomar whisky y a reírnos de todo. Dos tramposos murieron por ese tiempo, bala encajada justo en la cabeza. Porque nos gustaba jugar limpio y no estaba bien que alguien quisiera convertir la diversión en hurto. Ya les digo, fue una época espléndida.

A veces venía gente del gobierno a tomarse una copa con el jefe. Bajaban de helicópteros o camionetas y allí se quedaban un par de horas. A ver, Pagano, paga a los señores. Me entregaba una lista que yo le había dado la noche anterior. Yo veía las palomas y los taches. A éste sí, a éste no. Iba por el dinero, lo contaba, hacía paquetitos y ponía las claves: pantera 1, pantera 2, águila 4, gallina 2, 3 y 8. Y luego iba con el jefe y le daba los montones. El jefe extendía los fajos sobre la mesa, con las claves hacia arriba. Y los señores del gobierno iban agarrando. Muchas gracias Usted nos dice. Mañana movemos los retenes y le limpiamos tal tramo desde tempranito. Gusto en saludarle. Vayan, vayan, decía el jefe, con un gesto de jefe y de desprecio.

Y entonces pasó lo que quería contarles. De una camioneta bajó una princesa, con su cabello negro y sus ojos claros, como de cuento. El jefe la había mandado traer porque en alguna parte la había visto y la quería para su entretenimiento. Yo la vi y me perturbé. Ésa no es una mujer para estos rumbos, pensé. Y eso fue lo que pasó, que para mi buena suerte y mi mala fortuna, me enamoré.

34

Hoy pasé gran parte del día recordando cuando fui soldado romano. Me hubiera gustado ser un soldado inmortal, uno que salvara a César de morir en las Galias o que hubiera derrotado a los cartagineses en África. Pero fui un soldado modesto, cumplidor, anónimo. Yo no tengo la culpa de que no me hayan asignado una misión histórica. Me mandaban a pelear sin gloria, en pequeñas escaramuzas defendiendo las murallas. De esos soldados nadie se acuerda. Combatíamos gavillas desorientadas que pretendían asaltar al imperio sin mucho arte, ignorantes del poder de Roma. Velábamos en puntos estratégicos, y si alguien se aparecía armado, lo degollábamos a espada limpia. Poca cosa, comparado con las hazañas de los que salían a conquistar territorios y riquezas. Me maravillaba el retorno de las legiones vencedoras. Llegaban exhaustos los soldados, casi en agonía, pero con lingotes de oro en las mochilas. Ah, cuántas veces quise ser uno de ellos. El pueblo salía a vitorearlos y las mujeres les lanzaban flores rojas, blancas y amarillas, y les daban a beber agua fresca y cristalina para compensar las muchas veces que en campaña tuvieron que tomar agua turbia y maligna. Y el general iba del Campo Marte al Monte Capitolino pasando por la Vía Sacra con laureles en las sienes, la mano izquierda en la empuñadura de su espada mientras con la otra saludaba a la chusma. El emperador lo homenajeaba y se regocijaba con las nuevas fronteras y el oro que ponían a sus pies los conquistadores. Ah, cómo me habría gustados ser uno de ellos. Pero en todas mis vidas he sido un ser oscuro, de esos que pasan sin que se les vea, como sombras pálidas y tristes.

También en aquella vida me sentenciaron a muerte por haber tocado el gran tesoro y haber sustraído de él un par de lingotes. Tengo la impresión de que mi destino de bandido siempre le ha ganado a mi ilusión de ser un hombre honorable. Me llevaron ante el general de los ejércitos y me pusieron un letrero de ladrón para humillarme. El juicio fue rápido y agradable. Alguien leyó mis culpas y el general dirigió su dedo pulgar hacia la tierra. Muerte y sepultura pronta. Afortunadamente nadie apeló ni quiso argumentar en favor de mi inocencia. Eso me ahorró muchos pesares y vergüenzas. Que venga ya el verdugo, grité, y el verdugo salió de entre cortinas, me jaló por el cabello y me puso a modo para ejecutarme. Allí se atoran mis recuerdos. No puedo revivir el momento exacto en el que el hacha me arrancó de tajo la cabeza. Es lo malo de las reencarnaciones: carecen de memoria y uno no puede regresar el tiempo para sentir de nuevo las más señaladas sensaciones. Tengo recuerdos, sí, pero de días inconclusos y sin fama. Me veo poniéndome la coraza o devorando una pierna de cordero frente a una fogata. Me veo persiguiendo sombras fugitivas y alcanzando a más de uno por la espalda. Me veo junto a una mujer sin nombre que un centurión agradecido me envió una noche después de haber impedido un asalto a las murallas. Pero nada de eso sirve para ocupar mis pensamientos, aunque hoy me la he pasado recordando aquellos tiempos, los días de triunfo del imperio que ayudé a sostener y que no tiene para mí ni una mención en los libros de historia.

Imbuido de aquel tiempo salí a marchar por el patio, girando en redondo y cargando mis veinte kilos de vituallas. Hubiera marchado todo el día de no ser porque al atardecer Cornelio me obligó a sentarme en mi cama de concreto. Allí me golpeó con un fuete en la espalda y en las piernas. Eres un condenado a muerte, me decía, no eres un soldado romano ni un ciudadano libre. Eres peor que carroña, ni el felino más hambriento te devoraría. Me golpeó tanto que yo pedí, rogué y exigí que llamaran a mi madre para que viniera a consolarme y a curarme con agua de manantial. Me hice ovillo sobre el piso para que no fuera a golpearme en la cara ni en el pecho. El guardia siguió atormentándome hasta que empecé a llorar, a decirle a todo que sí, y a dejarme llevar por la ilusión de que pronto entraría mamá y me acurrucaría en su seno para cantarme canciones de cuna.

Afortunadamente mi madre oyó mis gritos y vino a detener a Cornelio. Sentir su voz me alegró tanto que dejé de rogar compasión, puse mi cabeza en las manos de mamá y me dejé llevar por su canción serena, la única que supo cantarme cuando niño: *una rebanada de luna alumbra la penumbra del callejón.*

33

Corre el rumor en Palacio de que la próxima temporada de lluvias será eterna. Dicen que en lugar de florecer nos pudriremos con el agua. Que habrá tanta que los ríos, las presas y los drenajes se ahogarán de pena. Es un rumor húmedo y lluvioso que empezó a colarse por las rejas y ahora anda en las azoteas. Los encargados de la seguridad van nerviosos y regresan angustiados. No saben qué hacer para proteger a la corte y se agitan por los pasillos como si estuviera por llegar el último diluvio. Yo he podido hablar con gente de la nobleza, del ejército y del pueblo. Mi idea es sencilla y no pretende ser novedosa. Hay que aprender de la historia. Qué tal un arca, una inmensa y bien construida arca. Una en la que quepamos todos, aburridos y alegres, emprendedores y apáticos, santos y ladrones, mujeres y hombres, indecisos, niños, ancianos y recién nacidos. La gente se reúne en torno de mí cuando les hablo. Es que hay esperanza en lo que digo. Cada vez tengo que alzar la voz más alto, porque lo que empezó en grupos ha pasado a multitudes y apenas si me alcanza la garganta para darles la buena nueva. He hablado con el director y tan lo he convencido que ya estamos en el patio construyendo la nave. Aquí sobran esclavos. Todos están ansiosos por salvarse de la inundación. Y es que dicen que no será de ésas que llegan a medio metro y se meten a las casas y los hospitales, sino que ascenderá a diez o veinte metros y borrará todo lo que hay de nosotros. Por eso el arca debe ser gigantesca, capaz de albergar a cientos de miles. Una en la que quepan elefantes de colores y pájaros grises, hipopótamos veloces y guepardos torpes. Sólo así podremos repoblar el país y volver a jugar a que somos libres. Con las grandes donaciones de los más ricos hemos reunido poco, pero con las escasas aportaciones de los pobres hemos acumulado un gran capital. Se recauda más si todos los pobres dan una moneda que si todos los ricos dan la mitad de su fortuna. Tenemos ya toneladas de madera traída de las zonas boscosas de los alrededores. Madera de roble, de primera, y hierro, mucho hierro para remaches y ataduras. Acero por todas partes, pegamento en mil barriles. Casi no me doy abasto para organizar a tantos hombres y tantos materiales. Como anduve hablando con aires de entendido, ahora todos dan por sentado que tengo experiencia en la construcción de arcas. Quizá piensen que he armado una docena, porque vienen y preguntan. Los maderos grandes van abajo o arriba. Gloria de mí: la lógica me rescata. Las grandes van abajo. Que qué clase de tornillos hacen, grandes o pequeños, gruesos o delgados. Ah, la gente, siempre preguntando boberías. Habrán de ser enormes, poderosos, invencibles. Forjen tornillos de un brazo de largo, digo, y voy marcando los sitios en los que habrán de colocarse. Mis órdenes se cumplen porque no hay nadie más que sepa de navíos. El cielo ha empezado a oscurecerse en pleno mediodía y los meteorólogos de Palacio dicen que en cuanto empiece a llover no parará nunca. Y yo sigo gritando que traigan a sus familias, a sus vecinos, a conocidos y desconocidos. El arca es para todos, pecadores y justos, delincuentes y jueces, narcotraficantes y magistrados. Hasta lo políticos podrán ir. Es lamentable, pero cuando se hace una acción salvadora uno no puede andar discriminando. No será momento, pregunta alguien, de deshacernos de gobernantes y legisladores, dirigentes de partidos y voceros oficiales. No, grito, o vamos todos o ninguno va. Acaso no somos todos hijos del mismo Dios, pregunto a gritos, ya entusiasmado con mi papel de salvador. El fondo del arca nos ha salido bien. Fuerte, sellado a prueba de tormentas, invulnerable a los millones de metros cúbicos sobre los que navegaremos. Las paredes son más difíciles porque se apoyan en el aire y se complica mantener los maderos verticales a la hora de pegarlos y remacharlos. Pero qué remedio hay. Las manos están llenas de sangre. Es que nunca hicimos un simulacro. La gente se golpea a sí misma por la prisa y ya hay más machucones que martillos. Las velas, quién está haciendo las velas. Menos mal que el secretario de Protección Civil tiene experiencia en esto de conseguir los materiales más infames. Vean ustedes las velas, enormes como telones. Ah, es que son telones. Fuimos a traerlos de los teatros antiguos, porque en los modernos ya no hay, me informan. Ya sabe usted, las obras empiezan ahora en oscuridad y luego van apareciendo las luces. Qué manera ésta de acabar con las tradiciones. Ah, eh, oh, está lloviendo. De prisa. Pero justo cuando estamos por abordar el director me manda llamar y está molesto. Me dio permiso de ir al patio a un taller de papiroflexia y yo he armado un gran escándalo, me acusa. Por Dios, señor, si el diluvio ya está encima. A dormir, tienes prohibido volver al patio. Qué será de todos los que me siguieron, los que están allá, con el torso desnudo mojado por la lluvia. Me resisto a los brazos que me atrapan. Sólo quiero asegurarme de que todos suban. Después hagan de mí lo que les plazca. Pero no hay forma de hacerlos entrar en sus cabales. Prefieren morir antes de dejarme continuar la obra. Exhausto me derrumbo en el piso. Ni siquiera Noé tuvo tanta oposición. Y eso que él sólo llevó consigo a los justos y yo estaba por salvar al mundo. Que llueva, pues, que llueva, y que todo acabe. ¿Podrían traerme siquiera el barco que estaba haciendo? Prometo no agitar a nadie. Sólo quiero terminarlo porque yo, en toda mi infancia, nunca pude hacer bien un barco de papel.

32

A las cinco de la mañana me despertó un pensamiento. Era como una astilla enorme clavada en el cerebro. Desperté y me quedé viendo la única ventana que tengo. No da a ningún patio sino al cielo. Pude ver las primeras luces del día, entre rojas y amarillas. El pensamiento es éste: tengo mucha vergüenza con mi madre y siento una gran pena por ella. Me la imagino sentada en cualquier parte, pensando en mí, desde la infancia hasta la muerte. Gran dolor debe de ser para una madre saber la fecha exacta en la que morirá su hijo. Lo que para mí es ventaja para ella es fatal tragedia. Ah, eh, oh, pero qué digo. Todas las tragedias son fatales. Ella sabe de mí más que yo mismo. Puede recordarme como yo no me recuerdo: en sus brazos, inocente, a gatas, sonrisa iluminada, mis primeros pasos y raspones. Mi madre puede rescatar fácilmente estas estampas. Su hijo con fiebre y ella refrescándome la frente, atribulada de miedo porque no sabe cómo me sacará de ese martirio, sufriendo más que yo. Y luego la esperanza, ésa que las madres depositan en sus hijos quién sabe por qué. Ellas sueñan con hijos fuertes, sanos, felices. Creen sin ninguna base que son únicos, serán grandes y serán buenos. Pero mi madre ha tenido mala suerte conmigo. Apenas tuve un poco de libertad la malgasté en fechorías. La primera vez robé limones en el mercado y ella me hizo devolverlos. La segunda, hurté manzanas y ella no lo supo. La tercera, sustraje dinero ajeno y ella lo gastó sin saber de dónde venía. Ah, las madres, si por ellas fuera, sus hijos serían santos. No todas están atentas, sin embargo. O lo están, pero puede más el adolescente que se les escapa de los dedos. En las calles conocí al Tripas, al Velorio y al Rufián, y me lancé con ellos a la ventura de asustar y asaltar a otros. Yo sólo veía y corría, pero pronto me tocó a mí ser el bandolero del cuchillo amenazante y la voz urgente. Qué hubieras hecho, Ramón, si se hubiera resistido. Coserlo a cuchilladas. Las risas de ellos. Vas a llegar a grande, Ramón, como los buenos. Para ellos los buenos no eran los buenos, sino los buenos para el atraco, la pandilla y la atrocidad. Mi madre me veía llegar y me insistía en la escuela. Yo no, madre, lo mío es la calle. Qué pronto supe decir qué era lo mío. Como si lo supiera. Pero a pesar de todo iba a la escuela. Oía la historia y el civismo. Tenía una memoria eficaz. Guardaba sin querer lo que oía. Y sin embargo me gustaba más saberme adulto desde niño, con los amigos que me aplaudían los pequeños trucos, los primeros asaltos y los primeros pleitos.

En la madrugada, sin poder dormir y viendo cómo cambiaban los colores de la luz en la ventana, me dolió mi madre. Era una mujer sola, con un hijo y una hija a los que daba de comer trabajando sin descanso. A las mujeres pobres les pagan poco sin remedio. Hacen labores de espalda y cintura adolorida, labores que nadie valora, que nadie quiere hacer y que se retribuyen escasamente en el mercado.

Crecí y fui ascendiendo en el escalafón del crimen. De ladrón pequeño pasé a pandillero y de pandillero a grandes robos. Se me agitaba el corazón en cada asalto. Fui dos veces a la cárcel siendo niño, casi niño, nunca niño. Mi madre lloraba y me rescataba. Íbamos los dos de vuelta a casa y ella iba diciendo lo que sentía: cómo podía hacer aquello, por qué, qué pensaba, a dónde iría a parar. Hoy te acusan de ladrón y mañana de asesino. Qué quieres, por qué me mortificas, quieres que me enferme. Tienes que ser un hombre de bien, Ramón. Y yo iba con ella pensando que tenía razón, que más valía que empezara a obedecerla. Pero apenas pasaban unos días y allí estaba yo de nuevo. Durante un tiempo, sin embargo, fui bueno, terminé la secundaria y empecé la preparatoria. Iba bien, avanzando y recordando, memoria indiferente que todo retenía. Entonces llegaron ellos, los llamados Alcatraces, y una noche el Sinsín fue a buscarme para decirme que el jefe quería conocerme. Me habló fuerte, bajo una luz amarilla afuera de la cantina de los Jiménez. El negocio era la droga y era abundante la ganancia. No me preguntó, nada más me dijo Paso por ti a las once, aquí mismo. Y al otro día estaba yo allí, en el cuarto de penumbra donde despachaba El Único cuando andaba por esos rumbos. Estaba sentado en una silla enorme y de su camisa abierta asomaban tres cadenas de oro. Tenía la mirada oscura y la frente malvada. Que qué mandaba. Allí estaba yo, curioso. El jefe era robusto y sentado parecía más alto de lo que era. Ramón Pagano, dijo a manera de saludo, con ese nombre llegas a donde quieras. El puro en la mano derecha, el humo en la cara. Estudio, me acuerdo que dije. A la mierda, me acuerdo que me contestó. Y luego los fajos de billetes, las caravanas de los suyos, las risas socarronas. Caray, Ramón, estás que ni pintado para ser rico. Conocía mis fechorías infantiles, mis arrojos adolescentes, y sabía de mi memoria que lo recordaba todo. Quién le contó, pregunté. Se reía. Lo que pasa es que lo sé todo, cabrón. Necesito una memoria buena, como la tuya. Y entonces me hizo la prueba, intrigado. La revista en las manos. Tres minutos para leer. Repítemelo. Palabra a palabra, letra a letra, repetí el texto. Hablaba de armas de vanguardia. Y yo repetía, según me señalaba párrafos aquí y allá: su función es provocar la muerte o la incapacitación de un individuo humano o animal... Existe el registro de un primitivo cañón en el manuscrito de 1326 de Walter de Milemete, capellán de Eduardo III de Inglaterra... En el gran mercado de las armas hay fusiles que disparan bajo el agua, pistolas hechas con impresión en tercera dimensión, armas inteligentes, entre otras, Armatix iP1, alemana; Chiappa Rhino, italiana; Accuracy Int., del Reino Unido; Tracking-Point, de Estados Unidos... Venga con nosotros y disfrute la experiencia de disparar las armas más potentes como si utilizara un spray... Compre un auto con nosotros y le regalamos un AR-15... Estás cabrón, Ramón. Aquella frase se hizo un refrán. ¿De veras dice tanta pendejada? Eso dice. Un ladrón leyendo a trompicones. Sí, eso decía. Verificación que pasaba por sus oídos sin rozar su entendimiento. Ya está, Ramón, te quedas. Mi mamá. Tu santa madre no sabe, ¿eh, Ramón? A las mamás no hay que mortificarlas con los negocios. Es nomás entre nosotros y entre nosotros se queda. Entre nosotros se quedó.

31

En la acera de enfrente vive un tipo raro. A veces lo veo sentado en su banqueta, pensativo, y otras veces está de pie, contemplando nada más. Lo observo y pienso que es un hombre sin aspiraciones. Da la impresión de que no se aflige por el pasado ni se ilusiona por el futuro. Usa sombrero, eso sí, como para semejarse a una de esas leyendas que nunca fueron. Se pone un rifle en las piernas y espera. Cuando ve pasar una parvada de pájaros azules levanta el arma y apunta. Presume de una puntería infalible porque nunca falla. Nada más hace así, pum, con los labios, y vuelve a poner el rifle en su regazo y sigue esperando. De no ser porque es tan silencioso ya le hubiera hecho conversación, porque aquí uno se siente tan solo que un vecino puede ser una gran alegría. Cualquiera menos éste. Claramente se ve que si lo saludara, no me contestaría, y que si le preguntara algo, por ejemplo Qué le parece esta mañana o Cuándo fue la última vez que quiso a una mujer, se me quedaría mirando como quien no entiende. No quiero arriesgarme a un desaire, me basta con mi sentencia mortal. Por eso nada más le pongo los ojos encima, para que se dé cuenta de que lo tengo bien localizado. Lo veo en las madrugadas sacar su mecedora y sentarse a mirar el horizonte, con su sombrero encajado hasta los ojos y su gabardina gris, sus botas de montaña y un airecillo de héroe desconocido. Al amanecer y al atardecer fuma un cigarrillo como si no hubiera mayor placer que controlar la diminuta brasa que se enciende y se oscurece a su capricho. Al mediodía desaparece. Será el sol, que a esas horas pega como leño ardiendo. No imagino qué hace cuando no existe. Al menos cuando está en el porche de su casa fuma o piensa, mira o espera, acaricia su rifle o se ajusta la gabardina. Claro que tampoco puede decirse que trabaja, pero nadie está obligado a hacer lo que no necesita. Como que le da por dejar ir la vida allí sentado, aguardando tal vez épicos tiempos. Seguramente sabe que yo soy un reo destinado a la horca, porque a veces se toca la garganta como celebrando su suerte.

Desde hace días, a mi vecino le ha dado por hacer algo de provecho. Toma con la mano derecha un cuchillo y con la otra sostiene la rama. Entonces empieza un ritual enigmático. Pasa el filo por la corteza, levanta capas de madera, las desecha y observa el resultado. Apunta el tronco hacia el cielo y coloca su ojo derecho en el extremo de abajo como calculando cuánto y dónde debe seguir cortando. Cierra el ojo izquierdo mientras tanto. Y luego vuelve a cortar aquí y allá, hasta que de la rama empieza a brotar una figura: una lagartija o un gato, un cocodrilo o un pájaro, parecido a esos azules a los que le gusta apuntar sin disparar. Ése sí puede ser un trabajo, pero, al final, en lugar de guardar lo que ha hecho, le sopla. Y la lagartija, el gato, el cocodrilo o el pájaro salen huyendo. Y al día siguiente vuelve a empezar.

Ayer un viento de desierto lo cubrió casi totalmente hasta hacerlo parecer una escultura de polvo. El hombre se puso en pie, desafiante. Otra vez se me figuró un héroe olvidado. Mire usted que pararse allí justo cuando el viento estaba más fuerte y más remolinos había levantado. Sólo quería una cosa, me parece, dejar claro quién manda en estos rumbos. Debe de tener pegado el sombrero a la cabeza, porque no hizo nada para asegurarlo, a pesar del aire encabritado. Entonces ladeó la parte derecha de su gabardina y dejó ver una pistola al cinto. Y yo me levanté aceptando el desafío. Así estuvimos tres minutos. En cierto momento, rapidísimo, desenfundó el arma y disparó.

Yo vivo enfrente, justo enfrente, de manera que cuando ve derecho me ve a mí. Imagínese usted lo que pasó cuando disparó. La verdad es que me impresionó su puntería. En un segundo me desarmó, exactamente en el instante en que yo, por pura caridad, estaba a punto de matarlo.

Ya les había anticipado que es un tipo raro.

30

Pido hojas y lápiz a Cornelio, que me ve con sus ojos enrojecidos y, sonriendo con ese desplante superior que tanto disfruta, mueve de un lado a otro la cabeza. No lo quiero para redactar proclamas sediciosas ni para escribir un cuento, aclaro. Quiero enviar un memorándum al director de la prisión. El guardián se ríe porque está acostumbrado a reírse de todo lo que digo, no siempre, claro, ya les he contado a ustedes. A veces está molesto por algo que no me dice y se desquita conmigo. Pero hoy le da risa mi petición y va y regresa con dos hojas y un lápiz achatado.

Estimado Señor Director: necesito un espejo. Un sentenciado a muerte tiene derecho a un espejo para irse despidiendo, para conocer bien al hombre que va a morir, para estudiar detenidamente cada rasgo y cada pliego de piel, los ojos, la nariz, la frente, la boca. Nadie puede ser tan malo como para que, en víspera de su ahorcamiento, se le niegue la oportunidad de reconocerse en un espejo. Me dirá usted que no puede darme uno porque va contra el reglamento, y porque es peligroso, ¿qué tal si lo rompo y utilizo los trozos para matarme? A esta objeción le digo que no, que le garantizo que no. Sé que para la autoridad puede ser frustrante que alguien al que piensa matar legalmente se le ocurra suicidarse. Se pondría en riesgo todo el sistema de justicia. ¿Para qué gasta tanto el Estado en ahorcar a un ciudadano si a éste le da por matarse gratis? Pero le aseguro que no haré eso. Y no por el Estado ni por usted, sino por mí mismo. Suicidas en las cárceles hay tantos, que ya ni siquiera los cuentan. En cambio, sentenciados a muerte en este país no ha habido ninguno en más de un siglo. Esa gloria, que es la única a mi alcance en esta selva de aflicciones, no me la pierdo. Así pues, descarte usted este temor, si es que lo tiene. Quiero el espejo porque me hace falta saber quién soy. Me resisto a morir sin saber exactamente quién ha estado en mi cuerpo todo este tiempo. Usted puede alegar que para saber quién soy no necesito verme, sino analizarme, pensar, reflexionar, extraer del fondo de mi ser el ser que llevo dentro. Pero debo decirle lo que creo: creo que una persona no sólo es lo que piensa, siente y hace, sino también la apariencia que tiene. La apariencia no es vacío ni frivolidad. Si en un salón hubiera treinta personas y alguien llegara y preguntara quién es Ramón Pagano, usted me señalaría a mí. ¿Por qué, si usted no está viendo mis sentimientos ni mis emociones ni mis miedos? Pues porque yo me parezco al Ramón Pagano que usted conoce, porque me ha visto antes, porque sabe mi estatura, el color de mi piel y la cara que tengo. Ése es Ramón Pagano, dirá. Yo mismo no me reconocería tan pronto. Necesito un espejo para saber quién es Ramón Pagano. No el que fui de niño, ni el que fui antes de que me encerraran, ése ya se fue y no está aquí para ser ejecutado. El que morirá dentro de treinta días es éste que soy ahora. Quiero saber qué cara tengo ahora que conozco la fecha de mi muerte. Es más, quiero saber qué cara tiene el que sabe que va a morir tal día y a tales horas. Hasta ahora no he conocido a ningún hombre así. Todos a los que he visto a lo largo de mis años comparten la sensación de eternidad que produce no saber cuándo acabará la vida. Debo de tener una señal de sabiduría en la frente o en los ojos, una luz, algo, no sé qué, que deje ver que soy un hombre que cuenta sus días hacia atrás, cada vez menos, con la conciencia bien alumbrada de que se irá del mundo en un instante preciso, sin ninguna duda, a menos que ese día la burocracia retrase mi ejecución o el verdugo llegue tarde, ya ve usted que esas cosas pasan. Salvo eso, sé bien lo que sucederá el sábado 19 de mayo a las 11 en punto. Eso debe de estar tatuado en mi cara, en mis ojos o en mi boca, y quiero saber qué es y cómo luce. Ustedes pueden verlo, pero yo no. Y eso no es justo. Seguramente cuando ustedes me ven, me ven como si fuera cadáver inminente. Piensan: Éste se va a morir el sábado 19 de mayo. Pueden ver el rayo que me ilumina, la aureola que me corona, la señal que me distingue como poseedor del misterio de la vida y la muerte. Quiero verlo yo también, señor director. Y quiero reconocerme centímetro a centímetro, contar mis poros, mis pestañas, los accidentes de mis mejillas y mis sienes, saber de una vez por todas de qué color tengo los ojos, cuánto mide mi nariz y cuánto hay de maldad en mi sonrisa. Mi frente me preocupa. Siempre la vi amplia y limpia. Y ahora cuando me la toco siento unas líneas que no recuerdo. Es como una libreta con renglones desiguales. Puede ser ésa la señal que ando buscando. Me urge verme a la cara, no para reprocharme ni para perdonarme, qué sentido tendría eso ahora. Lo que quiero es estar un tiempo conmigo, conversar un poco con el moribundo, saber qué aspecto tengo unos días antes de morir. Me iré viendo hora tras hora y advertiré mi deterioro. Escribiré un tratado de cómo puede apreciarse en el rostro la proximidad de la muerte. Puede ser un gran adelanto para la humanidad. Si descubro lo que va apareciendo en el rostro del que pronto morirá, aun cuando con ello no pueda evitarse la muerte, la gente podrá prepararse a tiempo, ya sabe usted, despedidas y testamentos, adioses oportunos y reproches subrepticios, sabiduría de último momento, lo que no da la engañosa sensación de eternidad. Al menos en sus últimos días los hombres dejarán de ser necios. Ya ve usted que lo mío no es vanidad ni capricho. Quiero un espejo para hacer mis últimas aportaciones a la ciencia. Y para morirme conmigo, no con un desconocido. Quiero estar seguro de quién ese hombre que la mañana del 19 de mayo despertará y caminará por última vez, cuando usted y los suyos me conduzcan al lugar en el que tienen pensado ejecutarme. Coincidirá usted en que no es mucho pedir. Sólo quiero un espejo. Le solicito atentamente satisfacer este derecho. Con las seguridades de mi consideración más distinguida, le deseo una existencia larga y feliz.

29

El jefe se dio cuenta pronto de que yo no solamente era capaz de memorizar todo lo que leía (también soy capaz de comprenderlo todo, pero eso nunca le importó), sino que además podía decirle al vuelo el resultado de cualquier suma, multiplicación, resta o división. ¿Y esto más esto menos esto, dividido entre ocho? Setenta y cuatro punto tres. Estás cabrón, decía el jefe. Y eso que nunca se enteró, porque no habría podido entenderlo, que yo resolvía en un suspiro ecuaciones y algoritmos que nadie me enseñó. Entre asombrado y divertido de mi capacidad multiplicadora, me encargó el dinero, al principio sólo contarlo, dividirlo en fajos y llevar los registros de entradas y salidas. Y allí me hubiera dejado si no fuera porque empecé a darle ideas. El dinero puede limpiarse, le insistía. No, decía él, el dinero es sucio sin remedio. Le expliqué: invertimos en valores, en terrenos, en negocios. No quiero aburrirlo, pero el caso es que lo metemos sucio y lo sacamos limpio. Lavadora nacional e internacional. Se interesó, a pesar de su resistencia a pensar en bancos e inversiones. Para él sólo existía el dinero cuando podía verlo. Lo demás es humo, decía. Pero yo le expliqué que los montos que estábamos recibiendo y pagando eran ya inmanejables, que cada vez se dificultaba más saldar viajes, comprar armas y autos, liquidar a proveedores y pagar sobornos, sicarios y compinches. Los portafolios eran cosa del pasado y el papel empezaba a serlo. Operaciones digitales, transferencias electrónicas, transacciones intangibles, todo eso. Tardó en entender y en creer, pero mis cuentas finales eran impecables. El dinero rendía más y ya no necesitábamos docenas de pistoleros para protegerlo. Para que no extrañara el olor del dinero dejé un millón de dólares en su caja fuerte y cada vez que necesitaba respirar aire puro sacaba los billetes y se adormecía con ellos, los ojos cerrados y el estómago como globo que va y viene. Aun dormido sonreía. Luego se levantaba, me hacía volver a ordenar los fajos, y el millón de la respiración regresaba a la caja fuerte. El jefe volvía al trabajo radiante y satisfecho.

Un día el Robot, su operador de confianza, el que manejaba todos los trasiegos al norte y coordinaba a más de cien traficantes y sicarios, le metió dudas en mi contra. Aunque no lo pareciera, el Robot era de este mundo, pero no de este tiempo. Tenía costumbres arraigadas y para él no había más dinero que el que podía tocarse. Así es que desconfiaba de mis operaciones invisibles. Le habló, pues, al jefe y el jefe hizo que me colgaran de las muñecas, los pies en el aire. Tomasón el Gordo, ciento cincuenta kilos de maldad, me golpeaba en el estómago mientras el jefe me hacía jurar que no lo estaba engañando, que el dinero existía y seguía siendo suyo. No conforme, al día siguiente me estiraron en el potro de tortura y me quemaron con cera el torso desnudo. Siempre dije la verdad: el dinero existía, se había multiplicado y estaba disponible para cuando él quisiera. Curiosamente no me creyó porque lo haya convencido sino porque lo conmoví cuando le dije que yo sólo lo tenía a él y a mi madre en el mundo. Inconmovible como era, un haz de luz le alumbró el corazón y ordenó que me desataran. Fuimos a la computadora él, el Robot, Tomasón el Gordo y yo. Allí les mostré dónde estaba cada millón y cómo era que ese dinero, solito, sin sumarle los ingresos nuevos, se había incrementado cien por ciento tan sólo con moverlo como yo lo hacía. De Suiza a las Islas Caimán, de México a Noruega y de Australia a las Canarias, pasando a veces sí y a veces no por Estados Unidos, y transformándose en terrenos, negocios y valores en las Bolsas de Nueva York, de Japón y de Tailandia. El jefe se maravilló de su internacionalización, el Robot siguió murmurando que aquello era una farsa y Tomasón el Gordo no entendió nada.

Ésa fue la única vez que el jefe receló de mí. A partir de allí puso toda su confianza en mis manejos, con tal de que de cuando en cuando lo dejara ver la computadora. Su entusiasmo creció a tal punto que ya no necesitaba oler el dinero para disfrutarlo. A cambio de eso, al menos una vez a la semana me hacía abrir las pantallas de sus inversiones, donde aparecían nombres de países y de negocios que nunca había oído. A veces me pedía que le mostrara fotos de las Islas Caimán, de Córcega y Sicilia, de Bangkok y de Malasia. Ah, cabrón, suspiraba, ahora somos internacionales. Más que eso, le decía yo, somos globales. Globales, repetía, se sobaba la panza y se aguantaba las ganas de preguntarme qué carajos era aquello. Y más: somos respetables. A mí me respetan por mis ametralladoras, dijo, no por tus computadoras. Nada de eso, dije, a usted le seguirán teniendo miedo por sus ametralladoras, pero lo respetarán por sus inversiones. Se levantó de la silla en la que se sentaba cuando iba a ver mi computadora y me llevó a su oficina. Se desparramó en su sillón. Explícame, dijo. Con palabras fáciles le dije que un narcotraficante es temido, odiado y perseguido, pero un narcoempresario es admirado, envidiado y respetado. Gracias a la estructura que él tenía, operadores, compradores, vendedores, distribuidores, matones, podía darse el lujo, como se lo daba, de ya no atender las minucias, ésas que manchan el nombre y las manos, y de dedicarse a sólo tomar decisiones estratégicas. Eso lo alejaba del delito y, por lo tanto, cada vez era menos delincuente. Ahora empezaba a ser inversionista y empresario. Tal vez hasta llegaría el día que en lugar de esconderse su coartada sería mostrarse. Con tanto dinero y con tanta manera de explicar su origen, podría ir a donde quisiera y la gente le rendiría pleitesía. ¿Pleitos? No, pleitesía, reverencia. A la gente le gusta hacerle caravanas al dinero y al que lo tiene. Ya podría disfrutar esos momentos. Cuándo. Para allá vamos, jefe. Y vamos más lejos: usted, que ya sabe lo que es disfrutar el dinero, está por empezar a disfrutar el poder económico y, si quiere, luego podrá gozar del poder político. ¿Político yo? No, político no, amo de los políticos. Eso es el poder político. Como cuándo, se interesó. Pronto, jefe, si seguimos haciendo lo que hacemos. ¿Y de vez en cuando puedo seguir ordenando un muertito, una matanza, digo, para no entumirme? Eso háblelo con el Robot, jefe, a mí los muertos me dan miedo. Quién iba a decir, suspiró, que me iba a dar más dinero un inteligible que un matón.

28

A mí me hubiera gustado ser poeta. Los poetas no se preocupan por andar finitos ni arreglados, descuido que a mí también me va muy bien. Los poetas andan taciturnos y nadie les pregunta por qué. Para eso son poetas. Pueden pararse en una esquina a ver el mundo y nadie los califica de mirones. De flojos sí. O de inútiles. Hasta las mamás de los poetas lamentan la suerte de que su hijo nada más ande armando y desarmando versos, peleándose con las palabras y cambiándoles el orden para que suenen musicales. Los hermanos de los poetas los comprenden muy pocas veces y, con cierta frecuencia, a petición de mamá, les dicen que Ojalá pronto puedas probar algún trabajo, alguna ocupación. A lo mejor descubres que te gusta algo útil, les dicen. Aunque también hay poetas que tienen la fortuna de que sus hermanos los comprendan y hasta los presuman. Mi hermano es poeta, dicen con orgullo. Pero ésas son excepciones. En general la gente ve mal a los poetas. Su dizque trabajo no sirve, es puro sonido hueco, pura maña para no hacer nada. También por eso me hubiera gustado ser poeta. A mí me encanta hacer lo que es inútil, lo que se hace nada más porque sí. Los poetas no se fijan en el color de los calcetines sino en el humor del cielo; no escogen corbatas sino acentos; no se compran trajes azules sino chalecos desabridos que combinan con todo o con nada; no andan en restaurantes sino en prostíbulos, y no duermen con pijama sino vestidos, y si usan lentes, no lo hacen para achicar el mentón o para estilizar la nariz sino para ver el horizonte. Y si hay otro tipo de poetas, que me perdonen. Yo a los dos que conocí así eran. Uno se llamaba Ramiro y se firmaba Ram y el otro se llamaba José y se firmaba César Augusto Romualdo Cicerón. Uno medía metro y medio y andaba siempre viendo las nubes y el otro medía casi dos metros y andaba viendo siempre al piso. Uno escribía en versos rimados, la métrica minuciosamente calculada y los acentos bien puestos, y el otro escribía con un desorden tan mágico que al final parecía que su propósito era meter el caos en el pecho. Uno andaba rodeado de mujeres y escribía de su soledad y el otro andaba solo y escribía de sus amores. Uno murió del corazón y el otro del hígado. Desde luego, el que murió del hígado nunca bebió alcohol y el que murió del corazón nunca fue amado. Uno me regaló un libro de poemas en hojas de colores y el otro un cuaderno lleno de poemas inconclusos. De tan diferentes, eran iguales.

Por eso me hubiera gustado ser poeta. Si lo fuera, ahora mismo, cuando faltan veintiocho días para que me ejecuten, yo podría escribir un poema acerca de la vida y de la muerte. Escribir, por ejemplo: La noche está de luto y tiemblan, moraditos, los astros a lo lejos. O algo más mío, por ejemplo: La última de mis oscuridades será la primera de mis luces. Cuando la cuerda reviente mis venas me partiré en pedazos de alas y emprenderé el regreso. Que grite el verdugo para conjurar su vergüenza y que gima el Estado para celebrar su venganza. Que el juez primero, el segundo y el tercero, y hasta el último tribunal en pleno, sigan dictando sentencias suicidas, masticando numerales que sustentan el castigo y absuelven la conciencia, durmiendo tranquilos sin saber que cada noche es un día menos. Que las mujeres que me aman, mi mamá, mi hermana y Renata no conozcan nunca a la mujer que amé, por la que fui capaz de erigirme en asesino para después ser asesinado por la sabiduría legislativa que a ciegas escribió mi epitafio mucho antes de que yo matara. Que después de mí sigan muriendo más mujeres y más hombres en la horca que llora al ritmo de la asfixia, la silla que mata a la velocidad de la luz, el pelotón que fusila al compás de la justicia. El 19 de mayo seré libre y me iré a donde me plazca, alimento del ave si gusano, regalo de amor si capullo, instrumento de muerte si veneno. Mi cuerpo será espiga, suspiro, podredumbre, o ceniza nada más, si el Estado escucha que no quiero ser despojo sino fuego. Seré libre y retornaré a ser retoño, ángel en el infierno y demonio en el cielo. Ajeno a lo bueno y a lo malo, seré error tanto en el paraíso como en el averno. A donde vaya seré yerro, a donde vaya seré acierto. Y déjenme ahora llorar, llorar un poco. No se angustien: no sé llorar de más. Si acaso, lloraré de menos.

Me hubiera gustado ser poeta. Pero ya ven, no se puede ser sabio, financiero, ladrón y asesino, y al mismo tiempo ser capaz de poner palabras en el cielo.

27

En el País de los Condenados a Muerte nos saludamos con un dicho: si dispones de una fecha para morir, no lo hagas a destiempo. Aunque tenemos algunas discrepancias en cuanto a su significado, todos lo repetimos con mucho gusto cuando la ocasión se presenta. Es un buen país éste de los sentenciados. Los cafés y restaurantes están llenos todo el día y no importa dónde se siente uno, siempre encontrará conversación. Al igual que los viejos hablan entre sí plácidamente de sus achaques, sus dolores recientes y los crónicos, a nosotros nos gusta preguntarnos cómo es que nos ejecutarán. Apenas nos acomodamos en alguna mesa o nos detenemos a dialogar en un jardín, uno pregunta: ¿Y a usted, cómo lo van a matar? Tenemos escalas, no sociales, desde luego, sino de buena suerte o infortunio. Porque no es lo mismo morir en la silla eléctrica que con químicos introducidos en las venas con jeringas. Mientras el primer método ofrece cierto grado de dramatismo, el segundo es casi como ser víctima de un error en un hospital. Ah, eh, oh, lo ordinario es repulsivo.

La cumbre la ocupan los destinados a la guillotina, método que injustamente ha ido desapareciendo. Es lamentable porque tiene todos los ingredientes de una tragedia bien contada y además es, de entre los procedimientos de ejecución, el más humanitario. Posee una ventaja seductora en comparación con otras formas: es sangrienta, lo que es muy aprovechable en materia de arte. Por ejemplo, uno puede imaginar al sentenciado boca abajo, los ojos queriendo ver el cielo, el cabello revuelto, la frente sudorosa, el valor en la mirada y arriba la cuchilla, que acaba de ser liberada y desciende vertiginosamente. Qué estampa. Los preámbulos pueden ser todo lo crueles que se quiera, pero la ejecución como tal es bondadosa. En menos de un segundo, la picota baja y de un solo tajo separa la cabeza. Nada de agonías inútiles ni de fallas técnicas. No sé por qué se está usando menos, precisamente ahora que están de moda los derechos humanos.

Ayer por la tarde, cuando bajé por el Callejón de las Sentencias hasta la Plaza de los Mártires, me encontré, caso raro, a un compañero de gracia que me dijo que sería ejecutado a guillotina. Hombre, le dije, lo felicito, es un honor conocerlo. Era un tipo muy distinguido, enjuto, refinado y bien vestido. Hablaba como si estuviera dentro de una enciclopedia y no paraba de mirar hacia atrás y a los lados, acostumbrado, tal vez, a ser seguido por sus adversarios. Le pregunté con suave tacto cuál había sido su delito. En las revoluciones, me dijo, un hombre no comete delitos, basta con que se equivoque. En cualquier situación, un error, un cálculo fallido, una errada previsión, lo hace a uno presa de la burla o de la crítica, pero en una revolución, un error es la antesala segura de la guillotina. Habla usted con una seguridad, dije. Una frase intencionalmente inconclusa. Sé de lo que hablo, dijo, yo mismo envié a la guillotina a docenas que se equivocaron. El hombre aquel, empolvado abundantemente en el cabello, inmaculadamente blanco, me miró como miran los habituados a ser temidos, hizo una reverencia elegante, desprovista de subordinación, y se alejó por la Calle de la Angustia. En el instante en que hizo la reverencia me pareció conocido, pero no, me dije, a Robespierre lo ejecutaron hace más de doscientos años.

Yo lamento mucho que la guillotina no se use tanto como antes. En la Revolución francesa hubo al menos diecisiete mil ejecuciones con esta modalidad. Y cuentan que desde mucho antes se utilizaban estructuras similares para matar legalmente en imperios remotos. Se trata de una muerte rápida y segura, que le permite al protagonista cierta dignidad. Uno no se sacude ni patalea. Tampoco se enrojece ni amorata. Eso sí, la cabeza salta como sandía y se produce cierto salpiqueo indecoroso, pero el color de la sangre, bien manejado, es casi heroico y tiene un cierto aire épico. Lo mejor es que no hay sufrimiento, al menos en el instante de perder la vida. Otra ventaja es que le ahorra al muerto el martirio de la autopsia, porque muy pocos, aunque nunca faltan, podrán alegar que es necesario confirmar la causa de la muerte.

A mí siempre me ha entusiasmado la imagen de una guillotina en el centro de una plaza pública, la gente paseando por allí, los padres explicando y los niños admirando, y luego, el día de una ejecución, los espectadores apartando su lugar desde temprano, las mujeres con su arreos de tejer, la multitud sedienta y divertida, y el verdugo fortísimo y de preferencia con capucha, no para ocultar una injustificable vergüenza, sino para darle al acto un toque de solemnidad y de misterio. De haber podido escoger, yo habría elegido para mí un buen corte, certero y rapidísimo, en lugar del bochornoso espectáculo que daré antes, durante y después de mi ejecución. Pero no me dejaron escoger, ya sabe usted cómo son los sistemas judiciales. Nunca escuchan a sus clientes.

26

Olvidaba decirles que desde hace quince días el secretario de Gobernación me pidió una audiencia. Entre ustedes y yo, podría habérsela dado de inmediato, pues es sabido que mi ocupación principal es recibir a visitantes, pero no quise parecer excesivamente dispuesto, como si estuviera ansioso de escuchar sus tribulaciones. Además, tengo entendido que así le hace él cuando alguien solicita verlo. Le da un poco de largas para desgastarlo y para darse ínfulas de personaje ocupado. En fin, que le di esta fecha, a las once de la mañana, y luego lo hice esperar un poco. A las once con treinta minutos me presenté en el salón de visitas y allí estaba él ya (me dicen que llegó a las diez y media).

Quería, me explicó, consultarme algunas cuestiones relacionadas con su cargo. Adelante, le dije, la pierna cruzada y un puro en la mano. La primera: había un grupo de maestros, disidentes de todo, que lo tenían de cabeza. Marchan escasa o masivamente por las calles, según la ocasión, hacen plantones que enloquecen a las ciudades, destruyen vidrios y oficinas, toman estaciones de gasolina, aeropuertos, vías de tren, puentes y casetas. Frecuentemente andan encapuchados y además armados con palos, piedras y botellas explosivas. Una maravilla. Se les da todo lo que piden, todo, incluso más, y dinero, mucho dinero, y siempre quieren más. Me preguntaba cómo hacer para que estos maestros regresen a las aulas. No entiendo, dije, me cuenta usted que son unos bandoleros, que rompen, queman, extorsionan, ¿voy bien? Sí, dijo. ¿Y entonces para qué los quiere usted en las aulas? ¿Imagina usted a esos señores enseñándole a la niñez del país historia, matemáticas, civismo? Lo que le propongo es lo siguiente: construyan una gran avenida que desemboque en una plaza, y tanto a la avenida como a la plaza póngales el nombre de uno o dos de los líderes. A los lados de la calle levanten fachadas falsas de negocios, bancos, restaurantes, oficinas públicas, incluso pueden colocarse maniquíes de policías antimotines. Y en un acto solemne entréguenles todo esto para que puedan seguir haciendo lo que hacen, que desfoguen allí su vocación destructiva, sus complejos y sus ambiciones, sus ganas de represión y sus alegatos, que bloqueen cuanto quieran y concluyan sus concentraciones con mítines masivos en los que podrán decir lo que deseen. El objetivo es mantenerlos ocupados y evitar que, por cualquier distracción, regresen a las aulas. El secretario de Gobernación tomó nota puntualmente y, efusivo, me dio las gracias en nombre de la República.

Traigo otro asunto, dije. Antes la prensa era dócil y amistosa. Se le podía halagar con cortesías, comprarla con dinero o amenazarla si fuera el caso, y, en circunstancia extrema, castigarla, ya sabe usted, negación de publicidad, misteriosa quema de oficinas, algún periodista desaparecido, cosas de ésas. Pero ahora la prensa es insoportable. Probó un poco de libertad y ahora se atraganta. Es muy desagradable desayunar encuestas de popularidad siempre a la baja, comer críticas y cenar memes atroces. Y no hay manera de poner freno a la tunda. Hasta los más grises periodistas nos han hecho su blanco favorito. Todo mundo cimienta su fama y su prestigio en el desprestigio del gobierno. No queremos retornar a los viejos tiempos porque entendemos que ya no se usa. Pero algo tenemos que hacer. Lo que hay que hacer, le dije, con aire de saberlo todo, es dejarlos hacer. Primero, la gente es desmemoriada. Olvida incluso lo que parece que no olvidará nunca. Ya sabe usted, la teoría del clavo que saca a otro. Segundo: la sociedad se vacuna. Lo que le escandaliza un día le tiene sin cuidado al mes siguiente por una sencilla razón: se acostumbra, la piel se le endurece y el corazón también. No es que se lo proponga, simplemente le ocurre. Que vapuleen al presidente, a usted y a cuantos quieran. Que se indignen por noticias sobre corrupción, homicidios y desorden. Se hartarán, como se hartan cuando comen de más, duermen de más o se divierten de más. Este proceso los inmuniza. Una vez avanzado, harán algún chiste, levantarán alguna ceja, gesticularán un poco, pero ya se habrá ganado la partida. Nada más no se equivoquen ustedes mucho porque, si se exagera, el proceso de inmunidad se revierte y el hartazgo termina en revolución.

Tercero y último punto, me dijo el secretario: la patria está encendida por la violencia. Los malos y los buenos matan a los buenos y a los malos. La gente se confunde y a veces defiende a los malos y acusa a los buenos; los buenos se equivocan y a veces matan a los malos a la buena y a los buenos a la mala; nosotros mismos ya no sabemos si somos los malos o los buenos, pues hay muchos malos entre los buenos, en tanto que los malos compran a los buenos para que sean malos. Si se tratara de una película, la gente se saldría de la sala, incapaz de saber a quién irle. ¿Qué hacemos con la violencia, doctor? ¿Doctor en qué?, pregunté. Me han dicho que es usted doctor en soluciones, dijo, muy serio. Y yo me imaginé un título en mi celda lleno de letras garigoleadas y sellos académicos. Esta idea me dio valor y le di unas cuantas lecciones: malos y buenos son un rompecabezas. Pieza por pieza nada son pero unidos, los fragmentos hacen el conjunto. Paisajes y acciones, ángeles y monstruos se hacen así, piezas onduladas que uno ve sueltas en el campo, las ciudades, las fábricas y las pantallas digitales. De tanto ver piezas aisladas, pensamos el mundo a trozos. Y de pronto se juntan los pedazos, dos allá, tres aquí, y el caos se manifiesta. Dónde están las partes justas, las que embonan como las órbitas a los planetas. Deténgase un momento y vea. El cosmos está allí y uno sólo puede contemplarlo si levanta la mirada. Buenos y malos son trabalenguas, difíciles de pronunciar, cacofónicos irremediables. Acomode las piezas, ordene las palabras, y tendrá paisajes y poemas. No es fácil, y no creo que desde ninguna secretaría pueda lograrse. Penetre el corazón humano, guarde las armas bajo llave y alumbre, aunque sea un poco, la oscuridad del mundo.

El secretario seguía tomando notas, pero yo, exhausto, me quedé en silencio, sin saber bien a bien de dónde había sacado aquel discurso. ¿Puedo hacer algo por usted?, me preguntó. No, señor secretario, yo estoy mejor que nunca. Con decirle que, si todo marcha bien, ya no tendré que amanecer el 20 de mayo. El mundo habrá desaparecido.

25

Están pasando cosas un poco raras en Palacio. Estaba yo arreglando mi ropa de dormir, es decir, mi ropa de siempre, cuando un cocodrilo se deslizó por la reja y entró en mi celda. Yo me sentí un poco ofuscado porque los cocodrilos son animales extraños, pues, aunque pretendan tener comportamientos moderados, sus hábitos los delatan: todo cuanto hacen es para incomodarnos. Por ejemplo, no saludan al llegar y no se quitan nunca la armadura, no se sientan por más que uno los invite a hacerlo y no pueden hablar sin que parezca que están lanzando dentelladas.

Al principio preferí ignorarlo, fingiendo estar muy ocupado tachando un día de mi calendario. Pasé una y otra vez el plumón sobre la equis con la esperanza de que el cocodrilo se aburriera y se marchara. Pero los cocodrilos están habituados al hastío, así es que era más probable que yo me hartara de mi simulación que él se cansara de mi silencio. Bueno, dije al fin, qué se te ofrece. Entonces me miró con sus redondos ojos, entre inocentes y malvados, y abrió la boca como para decir algo. Pero se quedó pensando. Calculo que tendría unos veinte años, que ya hace tiempo que habrá dejado de comer ranas y cangrejos y ahora se dedica a devorar mamíferos de media tonelada. Además, se le empezaba a notar cierto desvelo.

Crocodrílido, le dije para animarlo un poco, ése es tu verdadero nombre. Y él siguió mirándome, no sé si compasivo, no sé si acechante. Después de media hora me impacienté porque el cocodrilo parecía incapaz de decir lo que había venido a decirme. Se le notaba un poco inseguro. Yo creo que tantos años en las riveras o en el fondo de los ríos los hacen más bien un poco tímidos. Se acercó a mi cama y quiso meterse debajo, pero no encontró ningún hueco. Lo siento, le dije, es una cama de prisión, es concreto puro, sin diseño. El cocodrilo se echó allí donde estaba y cerró los ojos. Un instante después estiró las patas, levantó el cuerpo del suelo y me lanzó una tarascada ruidosa. Por suerte, yo había subido los pies a la cama y estaba sentado en flor de loto, de manera que no me arrancó ninguna pierna. Pudiste haberme mutilado, le dije, ya molesto. Vuelves a hacerlo y ordenaré que te echen de aquí. El cocodrilo me miraba y se mantenía rígido, quizá apenado. Entiendo que no ha recibido ninguna educación y que fácilmente puede confundir a un reo con una cebra, pero nada justificaba su ataque traicionero. Y él lo sabía. Seguramente por eso empezó a caminar hacia atrás, sin dejar de verme. Voy a dormirme, le dije, no quiero ruidos ni alardes. Te vas a estar allí hasta que yo despierte y ya mañana veremos qué hacemos.

Los cocodrilos tienen maneras muy excéntricas de agradecer las atenciones. A eso de las doce de la noche, sentí unos dientes enormes en mis piernas. El cocodrilo las había atrapado y estaba por cerrar sobre ellas una fuerza de mil kilos. Entonces lo golpee en la nariz, qué más hacía, saqué mis piernas de su boca y me le fui encima. A estas alturas de mi vida, si un cocodrilo me devora, ya no se pierde mucho, pero lo que realmente me molestó fue imaginarme sin piernas el día de mi ejecución. Con todo y lo patética que será mi muerte, las piernas me darán cierta humanidad al patalear y revolverse en el aire al momento de la asfixia. Si llego sin piernas, seré solamente un bulto colgando sin gracia de la cuerda, un bulto deshumanizado, amorfo, propio de las fiestas infantiles. Por eso le pegué, lo arrinconé y grité para que los guardias lo sacaran. ¡Llévense a este cocodrilo! ¡Llévenlo lejos! ¡No quiere consejo, no quiere hablar, y encima ensaya su mordedura con mis huesos! ¡No quiero volver a verlo!

Azorados, los guardias me obedecieron presurosos y se llevaron al cocodrilo.

Esta mañana Matías se acercó para contarme que el director mandaba decirme que no estaba permitido meter cocodrilos en la celda y que no debo volver a hacerlo. Que es contra el reglamento.

24

Es 25 de abril. Faltan exactamente veinticuatro días para mi ejecución. Hoy he amanecido triste porque he despertado con la conciencia de que voy a morir. De que me van a matar. El Estado, sus leyes y sus agentes me van a matar. Ya no importa lo que yo diga, lo que argumente y ruegue. Ya está todo arreglado. La horca y la gente me esperan. Sé que algunos diarios publican todos los días mi cuenta regresiva, con el pretexto de que es la primera vez en más de cien años que hay una ejecución en el país, y que por tanto la nación entera debe estar pendiente de cómo se me consume la vida. Es una crueldad innecesaria, pienso. Hoy nada puede alegrarme. Soy un hombre triste, que se acuerda de sus años de niño, de cuando era feliz en un patio pequeño que albergaba las macetas de mi madre y en donde me solazaba con la luz de la mañana. En un tiempo fui niño, pedazo de madera, serpentina, mordidas de chocolate. Fui papalote, piñata, lodo y aventura. En un tiempo fui juego, espada, soldado de plástico verde, camión sin llantas. Fui prisa, ansiedad, ilusión y helado. Éramos pobres, pero podíamos tocar el cielo. Bastaba con alzar la mano, estirar el brazo, levantar los ojos. En un tiempo fui barro, agua, destello. Fui corazón, dolor de estómago y fiebre, jarabe para la garganta y remedio para la tos. Vivíamos del trabajo de mi madre, que para darnos de comer se hacía de agua y jabón, plancha y espalda adolorida. Ella era agua y nosotros espejo. Corríamos mi hermana y yo por la calle a medio hacer, por la banqueta accidentada, por la plaza y el mercado. Con ella fui el hermano que ya no es, el protector celoso y frágil, la mano que le hacía caricias en la frente. En un tiempo fui penumbra de amanecer, esplendor de día, temor de noche. Fui vaquero, héroe y centurión romano. En las horas de abril el cielo era luminoso, las aves buenas y las mariposas fuga de colores. Lo que había sido río, inundación y susto, se hizo basura, cementerio de latas y plásticos grises. Allí vagué buscando fantasías, ilusionado con hallar una lámpara mágica, un anillo milagroso, un escudo contra leones. En un tiempo fui pájaro, flor, árbol inmenso. Fui nube, cristal, ventana y lluvia. En un tiempo fui cosquillas, risas y ansias. Fui policía de mentiras, ladrón de verdad, emperador de nada. En las noches de callejones oscuros, fui farol, silbato y huida. Y en las mañanas de domingo fui misa, campana y gelatina. En la escuela fui uno, dos y tres, y fui abecedario, figura de papel, historias y tareas, todo retenido en la memoria como pegamento inquieto, inevitable, dichoso. A veces fui olor de maíz en la cocina, respiración de café en la banqueta, sabor de pan entre los dientes. Mi madre no se quejaba más que de nosotros. De lo demás, del trabajo largo y la paga corta, del agua fría y de la resolana a mitad de la jornada, no sabía quejarse. ¿Le dolió la cabeza alguna vez, alguna vez se enfermó, quiso morirse? Al menos yo no lo supe. En ese tiempo era pasajero de la infancia, habitante del mar en la azotea, visitante del sol a media calle. Fui confesión, hostia y viernes santo. En algún tiempo fui niño, corazón agitado, hambre y pies descalzos. Y ahora estoy preso y altos cargos y burocracia anónima se disponen a matarme. Escasamente veo a mi madre, a mi hermana nunca y a Renata en sueños. En la cárcel mis amigos son mis verdugos, desde el celador samaritano hasta el celador villano, desde el director hasta el último reo. Todos me ven ya muerto. Pueden contar mis días si quieren, pueden restar mis noches si desean. Todos saben que voy a morir y me ven cadáver desde ahora. Han olvidado que dentro de muy poco todos estaremos muertos. Mis ejecutores y mis compañeros, mis vigilantes y los legisladores, los jueces y el presidente. Por qué quieren matarme. Será que estorbo, será que sobro. Alguna vez fui recién nacido, pedacito de canción de cuna, indefensión con miedo, oscuridad aterrada. Fui vulnerable a todo, al abuso, al temor, a la incapacidad de pedir ayuda. Fui cuna, biberón vacío, llanto de medianoche. Mi madre tenía esperanzas de que yo creciera y le ayudara a sostener la casa. Había soñado con tener un hijo hombre, y lo tenía, pero no daba señales de ser un buen hombre, trabajador y generoso. Alguna vez yo también soñé ser bueno. Y ahora faltan veinticuatro días para mi último suspiro. Me ganan las ganas de llorar, la necesidad del regazo de mi madre, la urgencia de una mano en mi frente. Pero estoy solo en la vastedad de esta celda. Desde aquí veo el cadalso. Tengo tantas ganas de llorar. Todo está oscuro. Por la única ventanilla alcanzo a ver un pedazo de luz. El rostro lleno de lágrimas, me canto para arrullarme: *Y allá en lo alto / se ve la luna / como un pedazo / de mi corazón.*

23

Don Jacobo, primer vicecónsul de Francia, que debe ser Jacobo III y, estoy seguro, es copia de su abuelo, ha tenido a bien visitarme esta mañana para proceder a las pruebas del vestuario que me prometió para la fiesta. Su patrocinador, el señor juez Jiménez Aguado, que es a la vez comendador de la reina, me ha enviado sus saludos, lo que yo he agradecido cumplidamente. Diga usted al señor juez, se lo ruego, que su saludo encuentra en mí afecto y que con el mismo aprecio lo saludo también por su amable conducto. Eso he dicho. A veces no sé lo que digo y a veces no sé por qué.

Las prendas se han ajustado a mi cuerpo maravillosamente. La camisola es blanca y, como me aseguró el sastre hace unos días, es holgada de mangas y apretada en los puños, una prenda muy de moda hace tres siglos. Luce un cuello de solapas anchas que le dan un toque distinguido y no tiene botones ni los necesita porque es cerrada, apenas con una abertura en uve que deja ver unos quince centímetros desde el comienzo de mi cuello hasta el comienzo de mi pecho. El señor sastre, ya se ve, tiene un gusto exquisito y una habilidad gregoriana. El pantalón, negro, es de una tela gruesa y fina. Apretado en la cintura, se expande luego por las piernas hasta volver a apretarse en las rodillas, desde donde baja pegado a mis pantorrillas hasta mis tobillos. No sé, tal vez un conquistador de tierras lejanas, no de mujeres, lo encontraría perfecto. A mí me parece un poco inadecuado, sobre todo teniendo en cuenta que será con este pantalón con el que patalearé cuando cuelgue, vivo aún, de la cuerda definitiva.

No he dicho nada, sin embargo. Y cuando el sastre me preguntó qué opinión tenía del vestido le dije que estaba bien, que me gustaba mucho la camisa y que el pantalón era muy moderno. El corte le sienta a usted perfectamente, dijo, dos dedos sobre los labios, los ojos reflexivos. Le dejé, despertó de pronto, un cuello holgado para que quien lo ate a usted no tenga que apretar la camisa y ésta pueda bajar naturalmente por su pecho, sin arrugarse. Agradecí el detalle y celebré la previsión. No es bueno que el último día, en el último instante, la camisa muestre alguna arruga, dijo él. Hablaría mal de usted, añadió. Hablaría mal de usted, corregí, sin afán de agraviarlo. ¿Y las botas?, pregunté. He visto unas botas en la tienda Arellano, dijo, que bien usadas pueden producir una adecuada y melancólica combinación con el resto del vestuario. Son altas y estrechas, de punta apenas redondeada. Lo miré, inquisitivo. Bueno, se excusó, es que el juez me pagó para vestirlo a usted, no para calzarlo, pero si usted me da lo suficiente yo, como un servicio adicional, estoy dispuesto a ir por ellas. Se las traeré personalmente. Amigo, le dije, en esta celda no tengo cómo ganarme la vida. Me dan de comer por caridad y hasta el jabón es del Estado. No tengo manera de darle a usted nada, ni siquiera una cantidad simbólica. Entonces, dijo, bastarán unos calcetines largos, oscuros, para no cortar la figura y presentarlo a usted más esbelto. Tengo unos zapatos, dije, señalándolos.

Oh, no, no, señor Pagano, con esos zapatos destruiría usted todo el concepto. Son casi nuevos, dije. No basta, deben ser apropiados. Tal vez, dije, pueda hablar usted con el juez y decirle que el obsequio completo demanda que también me envíe unas botas, ésas, las que usted dice. El señor juez es bondadoso, meditó en voz alta, se lo plantearé en cuanto me sea posible. Tome usted en cuenta, le dije, que faltan veintitrés días. Tengo presente la urgencia, desde luego, y si tengo el recurso, pronto estaré aquí con ellas. ¿Volverá usted? Tengo que hacerlo. Por una parte, porque me llevaré los vestidos para hacer pequeños ajustes y para plancharlos, y por otra, porque tengo instrucciones de entregar a usted las prendas justamente un día antes de su ejecución, ocasión que aprovecharé para traerle las botas. Es usted muy gentil. Es mi trabajo y sé que un sastre no sólo debe imaginar, tomar medidas y cortar, sino hacer lo necesario para que el cliente quede totalmente satisfecho. ¿Entonces hablará con el señor juez? Se lo prometo.

¿Recomienda usted un accesorio? Como en qué está pensando. No sé, tal vez una cadena al cuello. Cuando tenía dinero, poseía seis cadenas de oro y me las iba poniendo una a una, cada día, menos los domingos. Lo dejo a su elección, señor Pagano, dijo don Jacobo, en circunstancias de vida, me gusta sugerir o no accesorios, pero es diferente en circunstancias de muerte. ¿Ya antes había vestido a un cadáver, señor sastre? A cadáveres muertos, sí, pero hasta ahora a ningún cadáver vivo. Nos quedamos los dos un rato en silencio, mientras él, con un tacto exquisito, doblaba las prendas y las metía en una bolsa de piel, hecha para guardar ropa a la medida.

Tengo una pregunta, señor Pagano, es sólo curiosidad. Diga, por favor. ¿Tiene usted parientes en la otra vida, alguien que lo espere? Parientes allá tengo algunos, sí, pero no sé si me esperan. Recuerde usted que voy a morir antes de tiempo. Ah, es que, estaba pensando, tal vez podría enviarles con usted una tarjeta con mis datos. No sé si necesiten sus servicios. Yo tampoco, pero a veces se me va el sueño pensando qué haré cuando muera, es un pensamiento fugaz, no crea usted, pero lo tengo, y debo decirle que me encantaría seguir cortando, es lo único que sé hacer, y no sé si allá aguante estar sin hacer nada, después de todo, se trata de la eternidad. Me parece bien, si usted me da algunas tarjetas, las distribuiré puntualmente, acompañadas de mis mejores referencias. Gracias, señor Pagano, se las daré un día antes de su muerte. ¿Por qué no desde ahora? Es que ahora no tiene usted dónde llevarlas, pero si me lo permite, haré un bolsillo discreto bien cocido a su pantalón, así nos aseguraremos de que no vaya usted a olvidarlas. Piensa en todo, señor sastre. En lo que pienso nada más, señor Pagano, en lo que no pienso, procuro no pensar. El hombre hizo una inclinación y atravesó la reja antes de desaparecer. Aunque más bien creo que fue al revés: desapareció antes de atravesar la reja.

22

En el País de los Condenados a Muerte siempre andamos de buenas. Hay pequeñas envidias, discusiones mínimas, pero en general optamos por la civilizada ruta del diálogo para paliar un poco la espera. Como todos los que por aquí levitamos sabemos que pronto moriremos, somos más tolerantes y no somos pretenciosos. La soberbia es propia de los que se creen eternos. No es que de pronto nos volvamos humildes y modestos, corderillos de Abel o lobos de san Francisco. Nada de eso. Es solamente que entendemos que somos pasajeros, fugaces y pequeños, pedacitos de vida nada más. Así es que vamos de un lado a otro, de una banca a otra, de una plaza a otra, que en todas se exhiben las formas que el mundo ha inventado para acabar con el mal y hacer justicia. Vamos recorriendo lugares y conversando, que es lo que más nos gusta hacer. ¿Y de qué pueden hablar los que, como los gladiadores romanos, saludan sabiendo que van a morir? Pues de la forma en que cada uno de nosotros cumplirá su sentencia sin protestar.

En el centro de la Plaza de la Silla Eléctrica hay una sobre un basamento lóbrego. Dicen que es la original, la que se usó por primera vez para ejecutar a un hombre llamado

William Kelmer, en Nueva York. Es una silla de cuero, casi medieval, parecida a una mecedora, a la que llega un cable y por él viaja la muerte. Tiene dos cinturones porque, es obvio, los electrocutados tienden a retorcerse sin recato. Harold Brown, el inventor, era comprensivo. Tan comprensivo que creó el sistema para evitar la crueldad de la horca.

Y pensar que a mí me van a matar justo con la horca, recién aprobada en el congreso cuando ya muy poco se usa. En mi país siempre llegamos tarde a todo. Por ejemplo, superamos nuestras viejísimas creencias soberanas sobre los veneros del diablo justamente cuando el petróleo ya no le interesa a nadie y dimos permiso para que hubiera más cadenas de televisión abierta cuando ya a nadie le importa la televisión.

El caso es que la silla eléctrica, que tuvo su auge durante los últimos diez años del siglo XIX y la mitad del XX, es un invento encantador. A mí me causa cierta impresión favorable que los verdugos vistan trajes y corbatas. Así engalanados, los funcionarios del Estado se encargan de preparar la silla, el transformador y los cables, de llevar al reo y ponerle los electrodos en la cabeza y en la piernas, de sujetarlo con varios cinturones para que el ejecutado no vaya a salir volando, de ponerlo en el piso, retorciéndose, en caso de que el transformador falle a la primera descarga, y allí lo dejan hasta que arreglan el cablerío. También se ocupan de retirar el cuerpo, consumada la venganza social, a veces con la cabeza ardiendo, y casi siempre tienen que despegar la piel quemada de los cinturones. Es un trabajo agradable, creo, porque ellos parecen muy satisfechos en las fotos, con cara de estar dando mantenimiento a un calentador y sin caer en la tentación de reír o de llorar.

Hoy una dama misteriosa que dijo llamarse Martha M. Place me contó que ella fue la primera mujer ejecutada en la

silla eléctrica. Quizás escondía la cara para ocultar las huellas de su martirio, pero yo sé que en vida tenía un rostro
afilado y pálido, la nariz grande y puntiaguda y un mentón
prominente. En algún lugar lo leí, y ya les he contado que
no puedo deshacerme de cuanto leo. Al oír su nombre lo
supe: ella fue quien mató a su hijastra de 17 años forzándola
a beber ácido. Pero como en el País de los Condenados a
Muerte no censuramos ni excluimos a nadie, me quedé con
ella la tarde entera, hablando poco, mientras dábamos de
comer a las palomas. Qué se siente, Martha. Ella me vio
fugazmente. ¿Tú estás vivo todavía?, me preguntó. Alcé los
hombros. Me ejecutan el 19 de mayo. Mira qué coinciden-
cia, me dijo, a mí me electrocutaron un 20 de mayo. Es un
buen mes para morir, suspiró, las flores están a punto y el
mundo está lleno de colores. Y qué se siente, Martha. ¿A ti
cómo van a matarte? La horca, dije. Entonces no importa
que te diga qué se siente, tu cuerpo no va a alcanzar una
temperatura de sesenta grados ni se te van a destruir los
órganos internos. La sombra que era Martha se levantó de
la banca, se develó el rostro, me sonrió pálidamente y me
dejó en la Plaza de la Silla Eléctrica, donde había veintiséis
mujeres, todas vestidas de negro. Un olor a ceniza acentuaba
su misterio.

21

La primera vez que me sentenciaron a muerte me sentí un poco incómodo. Me pareció que estaban anunciando mi ejecución de una manera inmerecidamente solemne, como si me estuvieran otorgando un premio por algún servicio desinteresado a la humanidad, tal vez un avance científico o una sinfonía inmortal. A mí esas ocasiones siempre me han fastidiado porque tengo alergia a la solemnidad.

Recuerdo que oí la condena y me quedé viendo las pantorrillas de una edecán, sus tacones altos y su falda estrecha. El juez Jiménez Aguado tenía la mirada en su escritorio y dejaba que su secretario leyera en voz alta el veredicto. En cuanto se oyó la palabra muerte se destrabó del silencio un murmullo de restaurante lleno y fue creciendo hasta parecer una celebración. El juez sacudió una campanilla y me preguntó si tenía algo que decir. Y dije: Tengo hambre. Era verdad. Me habían llevado allí desde las nueve y ya estaban por dar las dos de la tarde. El juez se apenó un poco y ordenó que la sala fuera desalojada.

Esposado, me llevaron al área de prensa de los juzgados, me pusieron delante de una mesa y me dieron un micrófono. Había más de cien periodistas allí, docenas de fotógrafos y una veintena de camarógrafos. Todos parecían ansiosos de platicar conmigo. Se entremetió un silencio largo. ¿Cómo te sientes?, preguntó alguien. Incómodo, dije. ¿Qué le parecen los juicios orales? Eficientes, dije. Ni ocho meses hace del asesinato y ya estás sentenciado, dijo con voz neutra un hombre barbón. Hoy en la mañana estaba lloviendo y ya no, dije.

Supongo que no dije nada mejor, porque al otro día los periódicos publicaron eso en sus titulares. Algunos articulistas trataban de encontrarle un significado oculto, algo así como una metáfora de la vida y la muerte, pero yo lo único que dije y quería decir es que por la mañana, cuando fueron a buscarme a la celda, oí que estaba lloviendo y que luego, en la sala de prensa, ya no se oía la lluvia.

Quiero contarles ahora por qué me sentí incómodo: el pantalón se me rompió por detrás esa mañana, ya saben, descosido por atrás desde el cinturón hasta la entrepierna, y por más que pedí que me pusieran las manos atrás al esposarme, los guardias dijeron que no y me las pusieron al frente. Mientras estaba sentado, menos mal, pero cuando tenía que levantarme era inevitable sentir el airecillo y las miradas del público que estaba atrás de mí. Por eso cuando me leyeron la sentencia sentí un pequeño alivio. Por fin se acababa aquel pendiente.

En la sala de prensa, un periodista me preguntó qué sentía de ser el primer sentenciado a muerte del país. Histórico, dije. Otro quiso saber si yo era culpable. Parece que sí, dije. Una reportera de ojos felices, el cabello brillante y los labios frescos, a la que me hubiera gustado conocer en otra parte, me preguntó qué pensaba mi madre de mi paso por la delincuencia. Está distraída, contesté, ¿usted qué piensa? Ella se ruborizó divinamente y se sentó. Contesté diez preguntas, según lo dispusieron los organizadores, y me despedí caminando hacia atrás.

Esa noche, en la celda de cuatro por cuatro, me senté y me puse a ver las paredes. Es extraño, pensé, que sea tan fácil retener a un ser humano. Basta con que levanten muros a su alrededor y ya está uno confinado. Todo puede estar muy cerca, la iglesia o el mercado, un jardín o una escuela, pero son inaccesibles porque están del otro lado. Ya para entonces había estado preso más de un año, pero cuando supe que esa celda iba a ser mi última habitación, mi última casa, me di cuenta de que realmente estaba encerrado, encerrado de aquí a la muerte, de aquí al infierno, de aquí a la nada. Como todavía no sabía que iba a entrar al mundo de las apelaciones, de los trámites largos y los tiempos legales, creía que iba a morir en unos meses. Pero de esto ya hace ocho años y sin embargo sigo aquí, atado a mis paredes. De no ser por los altos dignatarios que vienen a visitarme, mi casa más bien sería aburrida. Por eso he pedido que me dejen manejar mi agenda. No me pongan nada martes y jueves de diez a doce ni de cuatro a seis, y los domingos no quiero ver a nadie después de las tres de la tarde. Pero el director es obstinado. Dice que este castillo tiene sus tradiciones y que un castillo vive de ellas. Que alterarlas es morir un poco. Que el prestigio de una casa real se cimienta en su historia y en su capacidad de conservar el pasado en el presente. Que por eso no puede dejarme libre la agenda. Lo siento por él o por su secretaria, que son los que batallan con tanta gente que me pide audiencia. Allá ellos, pues. Yo solamente me dedico a pensar, y cuando tengo visitas, a atenderlas lo mejor que puedo.

20

El señor secretario de Comunicaciones y Transportes, anunció el heraldo de Palacio. Que pase, dije, displicente. La verdad es que estaba agotado. En dos horas, había acordado con el procurador general de la república, la presidenta del Instituto Electoral, el presidente de la Cámara de Senadores y el secretario de Hacienda. Los había escuchado, les había dado rumbo y camino, y al responsable de las finanzas públicas, incluso la bendición. Que pase, dije otra vez, y ordené que cancelaran el resto de la agenda del día. El heraldo hizo una caravana pronunciada y se alejó con pretendida elegancia.

Señor Pagano, saludó desde la puerta el secretario, melindroso. Le he traído un presente, dijo, y me extendió un sacacorchos de plata. Muy apropiado, dije. Y él sonrió complacido.

Le ruego que vaya directo al asunto, le pedí, no quiero ser desagradecido, pero me urge ir a estrenar su presente. Poseo una espléndida cava que no he podido disfrutar por falta de este instrumento.

El secretario venía con la bandera de la condescendencia, que es una forma de adulación. Desde luego, señor Pagano, desde luego, créame que lo comprendo. Por favor, tome asiento. Gracias, es usted muy gentil. He venido a preguntarle si ya lo pensó usted, y si es su deseo servir a su país, a su presidente y a este modesto secretario. A mi edad ya no estoy para servir a nadie. Es usted muy joven. Veinte días de vida me hacen viejísimo, le dije. Es usted muy ingenioso, señor Pagano, por eso lo elegí, nadie como usted podría cumplir tan eficazmente la misión que he venido a asignarle oficialmente. ¿Se refiere a ir al cielo o al infierno y reportarle la existencia de Dios o en su caso la del diablo? El secretario se frotó las manos. Veo que lo recuerda perfectamente, lo cual me permite inferir que aceptará usted el encargo. Urgido de descansar de una mañana agobiante, le dije que sí. Señor Pagano, permítame felicitarlo por su excelente disposición a servir al presidente y a mí, pues es previsible que el primer mandatario vivirá permanentemente agradecido conmigo porque yo, y nadie más que yo, le aseguraré un lugar en la historia. Entonces ya puede usted irse, señor secretario. Me iré, señor Pagano, sólo quiero apuntarle unos detalles: el día de su ejecución, temprano, vendrá mi equipo técnico a colocarle unos dispositivos, mediante los cuales podrá usted reportarnos lo que vea, sienta, huela. Y la existencia o la no existencia de Dios, claro está.

Me acordé del sastre y de su empeño por vestirme impecablemente para morir con la mayor elegancia posible.

Y esos dispositivos, como usted les llama, ¿serán visibles? No quiero salir en las fotos como si fuera un astronauta. La estampa que de mí se recuerde debe ser la de un héroe que muere, digamos, con estilo.

No se preocupe usted, dijo, se trata de unos cables delgados, discretísimos, con tres chips de redundancia para estar seguros de que usted podrá comunicarse. ¿Me garantiza que nadie los verá? Por supuesto, me interesa que luzca usted muy bien ese día, además, ya sabe usted, se trata de una operación secreta, así es que soy el primer interesado en que nada sea visible. Queremos dar la noticia del contacto con el más allá una vez que usted envíe sus reportes. Nada nos ha salido bien en este gobierno y sería frustrante anunciar y fracasar. Aspiramos a la gloria de un solo golpe, sin aviso. No queremos a la prensa encima, preguntando antes de tiempo. Queremos cadena nacional y el presidente hablando de frente: hoy el gobierno de la República anuncia que, por primera vez en la historia del mundo, hemos establecido contacto con el más allá. ¿Y el presidente podrá decir eso de corrido?, pregunté. No se preocupe, dijo, para eso está la pantallita. Pues sí, dije, pero ya no estaré yo para hacer el discurso. Con que nos deje usted unas líneas discursivas bastará, dijo el secretario. Pero a mí me seguía molestando la idea de caminar hacia el cadalso con doce artilugios tecnológicos encima. ¿Llevaré micrófono?, pregunté. ¿Debo hablar, escribir, dar golpecitos en algún aparato? En principio, dijo el secretario, usted podrá hablar. Llevará un micrófono en la solapa, discretísimo. Pero si el dispositivo se dañara durante la ejecución o si por alguna razón no funcionara, podrá usted escribir en código morse. ¡Vaya, el pasado en el futuro!, exclamó el secretario, y luego rio con forzada hilaridad, pero cuando se dio cuenta de que yo seguía serio se recompuso, tosió, se aclaró la garganta y dijo que la tercera opción era un pequeñísimo teclado que, para efectos del viaje, me colocarían en la espalda. Llega usted allá, lo desprende fácilmente y se pone a escribir en cuanto pueda, de preferencia el mismo día. Su ejecución es a las once, ¿no? Esperemos que a eso de las doce ya pueda usted hacer su primer reporte. No le garantizo que sea tan pronto, dije. No sé qué tenga que hacer allá, por ejemplo, presentarme en la recepción, contestar un interrogatorio, apuntarme en alguna lista, hacer algún examen de confianza, no sé. El secretario se levantó, dio dos o tres pasos y dijo, la voz en murmullo: Hemos estudiado los libros santos y consultado a teólogos, y al parecer no hay nada de eso. Según los más encumbrados doctores de la Iglesia, el personal de colocación hace una rápida revisión de su expediente y de inmediato se decreta si va usted al cielo o al infierno, todo en media hora. Le recuerdo a usted que soy un condenado a muerte por homicidio y que además tengo un interesante historial delictivo. Difícilmente me enviarán al cielo. Sí, sí, lo sé. El secretario se acercó a mi oído. Por eso es muy importante que se confiese. Y luego puso cara de solución final. No soy creyente, dije. Hágalo como un trámite, pero bien, asegúrese de conseguir la entrada al paraíso.

El secretario gesticulaba como si celebrara por adelantado. Y luego, emocionado, se olvidó por un instante de mí y se concentró en sus sueños: Vamos a sorprender hasta a la oposición, a nuestros más empecinados críticos, al mundo entero. ¿Y mi paga, señor secretario? ¿Cómo compensará el Estado mis servicios? La gloria, señor Pagano, en cuanto envíe usted diez reportes, daremos a conocer su nombre. Y todos sabrán que usted es el Embajador del país en el cielo. ¿Yo embajador, un delincuente? No será el primero, señor Pagano. Seré el primer ejecutado del siglo, dije yo. Y el primer corresponsal en el más allá en toda la historia, dijo él. Mi mamá y mi hermana, señor secretario, quiero una pensión generosa de por vida para ellas. Asunto arreglado, señor Pagano: un salario mínimo para cada una de ellas, ya ve usted que acaba de subir cuarenta y cinco centavos al día. Cincuenta salarios mínimos para cada una, dije, en papel de jefe. Las finanzas públicas no están para eso, señor Pagano.

Entonces consígase usted a otro embajador, señor secretario. Le prometo hacer todas las gestiones a mi alcance, incluso ante el señor presidente. A más tardar un día antes de mi ejecución debo tener la confirmación, si no, olvídese de saber qué hay en el más allá y siga usted con la incertidumbre de si existe Dios. Haré todo lo posible. Cuando un gobierno dice que hará todo lo posible es seguro que no hará nada. Está bien, señor Pagano, se lo garantizo desde ahora. Quiero ver el documento firmado por el secretario de Hacienda, y de por vida.

De por vida, señor Pagano.

Entonces, hasta luego, señor secretario.

Hasta el más allá, señor Pagano.

19

Cada vez que veo unos ojos veo la muerte. Hay algo allí, en la mirada, que delata nuestra fugacidad. Todos estamos sentenciados a morir. Es lo bueno de la vida. Se puede ser rico o santo, torpe o brillante, pobre o malvado. Todos tenemos el mismo consuelo. La eternidad nos mataría.

La muerte no es un hilo que se rompe. Eso es la vida. La muerte es la ruptura, el instante y el lugar donde el hilo se fractura. Allí donde se crea un vacío está la muerte. Los extremos que quedan en el aire no tienen ya sentido. De un lado lo vivido, el pasado que ya fue. Del otro lo no vivido, el futuro que no será. Si el hilo mide cien centímetros, el mío se romperá en el veintiocho. Colgará de un lado un trozo breve, suficiente, y del otro, uno largo, excesivo y mudo. Lo que importa es el abismo. Caeré alegremente, con la garganta adolorida, tal vez, pero con los ojos bien abiertos, para certificar la existencia de Dios. O para decretar que nada hay, ni espíritus felices, satisfechos de su vida santa, ni almas condenadas, arrepentidas de sus fechorías. La muerte es el fin de las hormigas y de las estrellas, de los búfalos y de los planetas. ¿Por qué no habría de serlo también para los hombres?

Soy un escéptico nato, de esos que es imposible convencer de vidas posteriores. Pero a veces, a veces pienso que sería maravilloso que uno se fuera de este mundo y entrara en otro, más limpio y rutilante, un cosmos en el que se oyeran cantos graves, remotos, sonidos santos, hosannas y aleluyas discretos, música serena, nacida desde almas en descanso, coros que celebraran la existencia de Dios y de la eternidad. A veces cierro los ojos y veo las nubes allá abajo, a lo lejos, y cuando los levanto veo un horizonte inmaculado, sin distancia, eterno, puro como el corazón de un recién nacido. A veces me ilusiono con que mi incredulidad sea un error, y que en efecto existan los ángeles y el cielo, un lugar sin lugar en el que se pueda descansar del martirio de la vida. Así se justificaría haber venido a la tierra. Si tenía que pasar por aquí para alcanzar la gloria, la verdadera, acepto la tortura del mundo, sus ruidos, sus rencores y sus caprichos de oro. Bendita ilusión que tienen otros, los creyentes, inocentes espíritus que se consuelan con la existencia eterna para no temerle a la muerte. Ingenuas almas que esperan que su caridad sea premiada, su castidad recompensada, su bondad gratificada. Y nada menos que con la vida interminable y con infinita y bienaventurada paz. Si tuviera el valor de abatir mi orgullo y mi ironía, si fuera tan ingenuo como para creer que todo el Universo fue creado para mí, ahora mismo, en lugar de rechazar la vida en otra vida, estaría cantando los cantos de los justos, feliz de irme de aquí, dispuesto a confesar todas mis culpas, ansioso de poder llegar ante Dios y sentarme a su lado a contemplar cómo estallan las estrellas, cómo se van muriendo los planetas, cómo nacen y se multiplican las galaxias. No habría tiempo, nada, más que asombro y gozo. Pero soy hombre complicado, mordaz, sin Dios. Y así he de morir, ahorcado.

Aunque no sé, tal vez en el último momento me transforme y pueda decirle a Dios, sin mentirle, que siempre creí en él y siempre esperé el momento de encontrarlo para fundirme en su existencia y amar todo lo creado. ¿Tendré esa fortuna o he de desaparecer del mundo sin aparecer en otra parte? ¿Habré de irme sin saber qué es creer, arrepentirme, perdonar? Que sea lo que Dios quiera. Ya no está en mí cambiar ahora mi pasado, y si he de ser condenado doblemente, que se me arroje al fuego que castiga, sin tener la esperanza de ser por él purificado.

18

El señor Jiménez Aguado, el generoso patrocinador de mi mortaja, el valiente jurisconsulto que dictó mi primera sentencia mortal, ha venido a visitarme. Vino a disculparse de nueva cuenta porque no podrá estar en mi ejecución. Alegó un viaje repentino que lo mantendrá fuera del país por treinta días y ya no mencionó la boda de ningún sobrino. Pero venía, sobre todo, según dijo, a insistirme en que negociara yo con alguna televisora nacional o internacional los derechos de mi ejecución. Estoy seguro de que será un éxito, dijo varias veces. Mire usted, se levantó y adoptó la postura de un maestro de posgrado, a la gente le subyuga ver dolor y muerte. Y no hay quien lo confiese. Todos hacen como que se horrorizan, pero abren los ojos cuanto pueden cada vez que tienen la suerte de presenciar sangre, heridas y cabezas rotas. Lo de usted, además, tiene la ventaja de ser algo más sutil, casi elegante. Ni una gota de sangre y, sin embargo, en dos minutos y medio estará usted muerto, luego de ofrecer un espectáculo único, sin ficción. De pronto su cuerpo quedará en el aire, habrá algunos pataleos, muchos y diversos gestos, la cara tensa, los ojos reventados, y luego la paz de la muerte, el hermoso momento en el que uno deja de luchar y se abandona. La transmisión, desde luego, puede comenzar una hora antes, para que puedan comercializarse los espacios, ya sabe usted, los programas previos, esos que son los que más dejan, cuando la gente está esperando que comience el espectáculo. Y no se olvide del detrás de cámaras. Eso es lo que verdaderamente lo eternizará a usted. Los momentos previos a la ejecución serán lo más visto de la década. Me atrevo a sugerirle: muéstrese usted un poco triste y melancólico, como si fuera la última gota de lluvia de la temporada. Ensaye el perfil, la frente limpia, los ojos en una distancia infinita. Sea usted un digno ejecutado, sin llanto ni rabietas. Sereno hasta el último instante. Se interrumpió de pronto, como simulando una idea repentina. ¿Aceptaría usted darme el poder suficiente y necesario, amplísimo, para negociar los derechos de la transmisión? Se trata de una cesión sencilla, sin complicaciones. Mire usted, aquí traigo un borrador. Léalo usted con calma, sin prisa. Vea que no hay felino encerrado. Yo había estado oyéndolo de buena gana, pero cuando habló del poder me pareció estar en medio de una escena muy triste. Un hombre a punto de morir y otro hombre queriendo hacer negocio con su muerte. El mundo es de los vivos, ya se sabe, pero de todos modos sentí un rasguño en el corazón. Por eso ha enviado usted al sastre, dije. Él se quedó mudo, con los papeles del borrador en suspenso, pero rápidamente se repuso. Señor Pagano, usted y yo somos amigos, los amigos más inseparables que nadie pueda imaginarse. Nos une su destino. Pocas veces el hombre que muere y el que lo mata pueden ser amigos. Pero usted y yo sí, porque mi sentencia es legal, irreprochable. Cumplimos los papeles que nos corresponden. De eso se trata la vida, de que cada quien cumpla su papel. Hubiera podido ser a la inversa. Usted el juez, yo el sentenciado. Roles solamente. Reivindiquemos el lazo que nos une y hagámoslo más fuerte. Usted se deja matar y yo lo inmortalizo. Usted actúa de víctima del sistema y yo lo muestro al mundo. Usted prueba que somos fugaces y yo demuestro que la inmortalidad existe. Y luego, no sé, hasta algún premio cinematográfico, ya ve usted cómo se han vuelto célebres los festivales de cortometrajes. Usted la estrella, yo la sombra. Nadie le disputará la gloria. Las estrellas revientan de luz cuando empiezan a morir. Eso será su muerte, una explosión enorme y poderosa, una exhibición de pataleo y una ceremonia fúnebre.

Ya lo habrán imaginado: el hombre taciturno y acongojado había desaparecido y en su lugar estaba un emprendedor, de esos que captan al vuelo las oportunidades y son capaces de vender sus ideas al más reticente comprador. Véase usted mismo, siguió, ejemplo de fortaleza, centro del debate, Cid vencedor, su nombre escapando del sepulcro para anidar en la historia. Usted es el primero en ser ejecutado y puede ser el último. Las imágenes que yo haré llegar a todos los confines rasgarán conciencias, sacudirán los sistemas de justicia, salvarán vidas de inocentes. Seamos socios de la hazaña. Yo oculto, usted visible. La historia es para usted, para mí sólo la satisfacción. Me gusta, dije al fin. Firme usted, señor Pagano, un trazo nada más, y el mundo quedará a sus pies. Yo me encargaré de que usted sea para siempre mártir y santo, liberador y emblema, el hombre que logró, con su ejemplo y gallardía, que la pena de muerte se aboliera en el mundo. Desde ahora lo saludo a usted como se debe, con mi admiración y respeto. No voy a firmar ahora porque a este documento le falta una cláusula: el setenta por ciento de los derechos es para mi familia. Treinta, dijo él. Sesenta, dije yo. Cincuenta, dijo él. Vaya, pues, corrija lo necesario y regrese para que lo firme. Ojalá tome usted en cuenta mi comprensión, dijo, acepté el porcentaje que usted propuso, aun cuando seré yo el que tenga que negociar los contratos con las televisoras. Pero seré yo el que muera. Bueno, de todos modos eso es inevitable. Inevitable es la muerte de todos, señor juez. Pero usted será eterno. Y usted millonario. Bueno bueno, finalmente los dos nos mataremos para obtener los beneficios. Yo no me mataré, dije, para eso tendré asistentes.

17

Vieran ustedes que no hay nada más intenso que contar dinero. Ya sea en monedas, apilándolas en torres breves que, además, si se multiplican y llegan a ser docenas, parecen un ejército, o ya sea en billetes, los héroes de todas las patrias con sus entrecejos bien perfilados, los colores difusos, los sellos de los bancos centrales y las firmas de los funcionarios, todos dispuestos del mismo lado para facilitar el conteo y para mantener el orden. Yo los he contado por miles y sé lo que es sentir cansancio en los dedos de tanto flexionarlos mientras llevo en la cabeza las sumas parciales hasta llegar al total. Vaya que los he contado. Y lo he hecho en cuartos sórdidos, oscuros, de prisa o lentamente, a la luz de clandestinas lámparas. Más intenso aún es no ver el dinero sino las cantidades en la pantalla llena de números y, especialmente, de ceros. El cero es la verdadera riqueza. Ponga usted un uno y es nada, y ahora agréguele un cero y otro y otro, y sentirá cómo emprende el vuelo. Seis ceros son el paraíso, ocho la inmensidad, diez el infinito. El más grande invento de la Humanidad es el cero, que todo lo multiplica por diez, siempre en ascenso, hasta que caes rendido a los dictados del dinero. Puedes creer que cierto número de ceros te dará la paz y, sin embargo, cuando lo consigues te das cuenta de que perderás el sueño hasta lograr colocar otro cero a tus deseos.

Por algo se ha matado tanto por dinero. Alegarán los hombres que matan por la paz, que bombardean por la justicia, que asesinan por el honor, que arrebatan la vida para defender a Dios, pero, salvo excepciones que yo no conozco, matamos por dinero.

Me tocó verlo de cerca: que un fulano de tal había hablado con un tal fulano de otra banda, mátenlo; que aquél no cumplió el acuerdo, mátenlo; que este otro no pagó, qué esperan para matarlo, y, lo peor, el político que nos falló, pues a morir también, que este negocio es de gente honrada.

Había etapas de paz, las armas cesaban de sonar y los sicarios dejaban de salir corriendo, gobernábamos sin ruido y todo era contar más y comer bien. Pero luego regresaban los tiempos de los ajustes, las disputas, las venganzas. Se ponían bonitos los tiroteos. Silbaban las balas y reventaban los cuetes. Noches de fiesta y pirotecnia. Como administrador, yo solía mantenerme alejado de las emociones de fuego, pero si estás en esto, es inevitable que algo te toque. El ataque sorpresivo en la propia casa o el atentado culinario en bares y restaurantes, las emboscadas en las carreteras, el tronido en alguna boda, la irrupción en un velorio. Te acostumbras. Dejas a los muertos enemigos donde caen y te llevas como puedes, cuando puedes, a los amigos muertos, es un decir, desde luego, a muchos de tu bando los conoces cuando tienes que cargarlos. No los conociste vivos y ya tienes que rescatar los muertos. La sangre te chorrea de las manos y la ropa, la respiración se hace de transpiración y si luego tienes tiempo, te preguntas cómo fue que te escapaste.

A mí me gustaban los periodos de balaceras porque el jefe se ponía contento, aunque anduviera enojado. Lo veías ponerse las botas mientras ordenaba escarmientos, salir huyendo por la ventana jurando venganza o adormilarse mientras encargaba que mañana el Toro, el Venadillo y el Barril deberían amanecer difuntos.

Ése fue un tiempo hermoso, de valor y miedo. Nos mataban y matábamos limpio, casi sin odio y sin malicia. Pero luego la cosa cambió y empezamos a ser malos: nos deshacían en ácido y nosotros colgábamos cadáveres en puentes, previa sesión de tortura, poníamos explosivos en medio de familias y nos quemaban a los nuestros. A qué hora los malos nos volvimos malos. A qué hora empezamos a subir el tono. Si te llevas a una de mis mujeres, te levanto tres y si me asesinas al hijo, te destajo a los nietos. ¿A qué hora pasamos de ser asesinos nobles a ser homicidas sangrientos?

Todavía ese tiempo lo disfrutó el jefe, aunque lo vi llorar dos veces. El día en que su hermana amaneció hecha trozos y la noche que le aventaron a su hijo de trece años al jardín, con once puñales en el pecho y sin genitales. En esos momentos había que estar cerca y lejos. Cerca para que no se sintiera solo y lejos para que no te volara la cabeza por una mirada distraída. Daba pena verlo triste, él siempre tan seguro y tan sonriente. Las penas lo llevaban a ausentarse tres días del mundo, embriagado o surtido de cuanta droga existe. Pero luego volvía con la cabeza helada, los ojos afilados, las sentencias prontas. Había que sacar de su escondite al Torrejas, traer de los huevos al Halcón 18, sacarle los intestinos al Damián Grande. Desayunaba órdenes mortales y cenaba informes detallados. El Torrejas estaba colgado a la salida de tal carretera, el Halcón 18 agonizaba despacito con bien pensadas hemorragias, y el Damián Grande estaba guardadito en espera de órdenes de la forma en que debía morir.

Fueron años de lecciones y rencores, venganzas y tomas de plazas. Y el jefe enterito, inventando muertes y contando ganancias.

Pero un día empezó a ponerse taciturno. Lo tengo todo, decía, pero estoy de mierda hasta el cuello. Es el trabajo, le decía yo, cuando me tocaba ser el confidente, ya no debería afanarse tanto. Me miraba desde la lejanía de sus ojos amarillos. Qué sabes tú, decía, si a ti te toca la parte feliz de la fiesta. Multiplico su dinero, decía yo, y se lo entrego oliendo a limpio. ¿Alguna vez has matado? Que yo sepa no, porque cuando estoy en balacera disparo a lo pendejo y me voy corriendo en cuanto puedo. Por una confesión así, a muchos los he partido en dos, decía él. Y yo me atragantaba. Pero a mí no, le decía al fin, porque yo no estoy para matar a nadie, sino para hacerlo a usted dueño del mundo. Ah, qué Pagano, te salvas porque me caes bien y porque mientras sigas poniendo ceros a las cuentas vas a seguir vivo.

La verdad es que cuando lo maté era cuando más nos queríamos. Él ya era un hombre triste y yo, gracias a su bondad, un hombre inmensamente rico. A ver quién le entiende a la vida.

16

En el País de los Condenados a Muerte existe mucha comprensión. No criticamos la culpa de nadie ni se discrimina a los inocentes. Igualados por la muerte institucional, perdonamos a los débiles y hasta los más grandes matones andan consolándolos. Y nada de vanidades ni pretensiones. Todos valemos la misma nada y no nos acongojamos. Andamos por calles y plazas alegremente y conversamos de dos en dos y, en ocasiones extraordinarias, en improvisadas reuniones de quince o veinte sentenciados. Son reuniones extrañas, eso es cierto, con personajes de todas las épocas, todas las vestimentas y todas las edades, pero casi siempre prevalece el buen ánimo y sólo de cuando en cuando nos tornamos melancólicos. Lo que conmueve es la igualdad, ésa que los vivos no entienden ni buscan y que nosotros, cadáveres vivientes, valoramos como lo más preciado.

La igualdad es muy bonita porque aquí no hay talla que impresione ni currículum que valga. Si estás aquí nada más porque dejaste abierta la hornilla del gas o porque acumulaste cínicamente docenas de homicidios, porque te descuidaste y te pillaron con el cuchillo ensangrentado o porque se te ocurrió poner una bomba en santo momento, no importa. Aquí no se menosprecia a los de culpas pequeñas ni se hace escarnio de los inofensivos. Como tenemos fecha de caducidad, hasta el más deprimido cuenta chistes y hasta el más sanguinario anda rezando. De aquí no se deporta a nadie sólo porque mató por accidente o porque se le condenó injustamente. Nuestra patria es la muerte anticipada y nuestra acta de nacimiento, la sentencia.

Hoy estuve en una reunión de fantasmas, todos ejecutados por garrote vil, algunos en la antigua Roma, otros en el medievo y otros más en España en pleno siglo XX. Aprendí que en España el garrote vil estuvo vigente más de ciento cincuenta años y que se instituyó para suplir al ahorcamiento, que era muy cruel. Cada vez que oigo esto me duele la garganta. La reunión se animó mucho cuando llegó el invitado especial, el rey Fernando VII de España, que, se dice, merodea de vez en vez por el País de los Condenados a Muerte. Alguien lo vio pasar por allí y lo invitó a entrar. Se rumora que cuando Fernando VII habla aquí repite lo mismo siempre, que es el decreto que expidió en 1832 para instituir el garrote vil. Los que ya lo conocían sabían lo que diría, pero a todos nos dio gusto que nos dirigiera aquel discurso. En cuanto entró se colocó a la cabecera de la mesa (los reyes están acostumbrados a presidir reuniones) y dijo, mientras levantaba la copa de vino que se le había ofrecido: Deseando conciliar el último e inevitable rigor de la justicia con la humanidad y la decencia de la ejecución de la pena capital, y que el suplicio en que los reos expían sus delitos no les irrogue infamia cuando por ellos no la mereciesen, he querido señalar con este beneficio la gran memoria del feliz cumpleaños de la Reina, mi muy amada esposa, y vengo a abolir para siempre en todos mis dominios la pena de muerte por horca; mandando que en adelante se ejecute en garrote ordinario la que se imponga a personas de estado llano; en garrote vil la que castigue delitos infamantes sin distinción de clase; y que subsista, según las leyes vigentes, el garrote noble para los que correspondan a la de hijosdalgo.

A pesar de estar allí sólo ejecutados por garrote vil, los más aplaudieron con entusiasmo. Es que los reyes tienen buena manera de decir estas cosas. Un tipo de rostro distorsionado y con un hoyo mortal en la nuca se levantó y dijo haber sido ejecutado en 1954. Tenía una pregunta para Su Majestad, si le estaba permitido. El rey asintió. ¿Cuál era la diferencia entre el garrote ordinario, el vil y el noble? Ninguna, dijo el Rey, pero a los condenados a garrote noble los llevábamos a su fatal cita en caballo ensillado, a los de garrote ordinario en mula y a los de garrote vil en burro, de preferencia mirando hacia la grupa. En la forma de llegar a la muerte se distingue al caballero del plebeyo.

Divertidos por la seriedad con la que dijo esto el soberano, lanzamos vítores y vivas, mientras el rey, muy conmovido, sonreía y se dirigía a la salida.

Un muerto de veinte siglos dijo entonces: la diferencia siempre se ha marcado. En mis tiempos se decapitaba con la espada a los nobles, mientras que a los villanos se les aplicaba la ejecución vulgar, mediante garrote o, más bien, garrotazo. Yo, que fui miembro de la plebe, fui ejecutado, desde luego, de esta última forma. Tengo entendido que luego todo cambió menos el nombre.

Que hable uno de tiempo reciente, dijo una voz perdida.

Yo, dijo uno, yo quiero contar. El garrote vil acabó siendo un collar de hierro atravesado por un tornillo que acaba en una bola. Cuando se gira el tornillo, la bola presiona el cuello y lo rompe. A veces la muerte es instantánea, pero a veces no. En mi caso, agonicé durante cuarenta y cinco minutos. Fue duro y placentero porque, aferrado como está uno a la vida, parece que cada minuto es una fortuna.

Me hubiera gustado quedarme, porque aquello se estaba poniendo bueno, con tanto vino a la mano y tanta buena memoria en la mesa, pero oí la voz de Cornelio y preferí volver a mi rincón. Ya les he contado a ustedes que cuando doy motivo se ensaña conmigo. ¿Dónde andabas?, me reprochó. Fui a comprar una cerveza, dije, y los dos nos quedamos un poco atónitos, hasta que él destrabó el momento con una sonrisa estúpida. Una cerveza, dijo, y luego se fue, lo juro, a traer una cerveza, y me la pasó por entre las rejas, divertido. Te la mereces, cabrón, por imaginativo.

15

Esta mañana amanecí muy triste. La oscuridad de mi celda, la luz allá en la ventana, inalcanzable, la dureza de mi cama, el frío sin escapatoria, el dolor de mi madre, el amor de Renata, la acumulación de tantos años entre muros, me han saqueado. Vacío, abrí los ojos y confirmé que es cierto: dentro de quince días voy a morir. Está bien, no soy bueno para nadie en el mundo. Sólo aprendí a robar, a engañar y hasta a amenazar y herir. Incluso, y yo no lo sabía, también a matar. Es justo que a un hombre así lo maten. Pero hoy amanecí con ganas de sol y cielo, de respiración serena y mirada libre. Por eso llamé a Cornelio y le anuncié que me iba a suicidar. Al principio se burló. No hay manera de que puedas matarte, me dijo, con qué. Le dije que las paredes me bastaban. Que una buena pared rompe cualquier cráneo. Cornelio regresó con Ramiro Santiesteban, ya les he contado, el vecino malandrín que ahora es jefe de custodios y que llegó con toda la gana de hacerme astillas. Pagano, me dijo, no puedes matarte. Eres un sentenciado a muerte. Sí puedo, le dije. Les avisé por consideración, pero nadie podrá detenerme. Lo que necesitas es una paliza, me dijo. No, lo que necesito es la muerte. La tendrás. Ahora, la necesito ahora. Y eso. Es que amanecí muy triste. Ah, qué Pagano, llevas más de ocho años encerrado y ahora te da por ponerte triste. Quiero hablar con el director, dije. Está muy ocupado como para andar atendiendo sentenciados. No, le dije, yo soy su ocupación, si no se ocupa de los presos, de qué se va a ocupar. Me agarraste de buenas, Pagano, voy a decirle que quieres verlo, y si me dice que me vaya a la chingada, regreso para mandarte a ti allá.

Resultó que también el director estaba de buenas, porque vino a la celda. Tres horas después, pero vino. Qué traes, Pagano. Quería agradecerle el chocolate caliente que me mandó el otro día, dije. No me acuerdo. Pero yo sí, era malo y sabía a babilla tibia, pero se agradece. ¿Y por eso me hiciste venir? Sí, pero también para decirle que estoy muy triste. ¿Y qué jodidos tengo yo que ver con eso, Pagano? Si yo anduviera visitando a todos los reos tristes. Vine porque me dijeron que te ibas a matar. Ah, sí, también. Tú no puedes hacernos eso, Pagano, sería una afrenta al Estado, y además me hundirías a mí, con qué cara iba yo a ver al secretario de Gobernación y al propio presidente si les salgo con que el primer sentenciado a muerte se me suicidó, no chingues, Pagano. Ustedes no se preocupan por mis asuntos, director, ¿por qué me iba a mortificar yo por los suyos? Si te matas, te cuelgo de todos modos, le decimos al mundo que estás desmayado o en coma, o lo que sea, y te colgamos. Yo no me quiero matar, director, ni causarle a usted pesares, pero no me están dejando otra opción, lo que yo quiero es ver el campo, el sol, las nubes, quiero estar con mi mamá, vivir con Renata, cuidar animales, volar, estar en paz. ¿Y no pensaste eso cuando andabas de malora, cuando te atreviste a matar al segundo capo más importante de este país? Quiero ver las montañas, las mariposas, las lagartijas, un lago, conocer el mar, andar descalzo por allí, subirme a un segundo piso, mirar por la ventana. Pero allí andas de matón, Pagano, al menos compórtate como lo que eres, no te queda andar chillando. Quiero ver a los niños jugar, a las señoras ir de paseo, a los hombres que no me conocen, a los novios que se están casando, a los estudiantes que hacen ruido, a los mendigos que andan libres. Eso es el mundo, Pagano, ¿quieres ver el mundo? Quiero vivir un ratito sin sentirme atado, un momento sin paredes, un instante sin esta sensación de encierro. Quiero dormir en una cama, bañarme sin ser visto, ir al baño sin tener los ojos de nadie encima, jugar con una piedra, ayudar a alguien. Qué santo me saliste, malandrín, estás hasta el cuello, hundido, y mira con lo que sales. Usted viene aquí y luego se va, camina por las calles, descansa los domingos, se reúne con sus amigos, abraza a su mujer, es reo a tiempo parcial. Yo, en cambio, soy reo de tiempo completo, y lo único que veo de frente es a la muerte, usted no sabe lo que es eso. Pero no anduve de matón, Pagano, ¿qué tu madre no te enseñó buenas costumbres? A mi madre la deja en paz, yo estoy aquí a pesar de tener una buena madre, no por falta de ella. Lo miré a los ojos. Con mi madre, nada, director, o se lo carga la chingada. ¿Me estás amenazando? Sí, si usted se mete con mi madre. Estás imposible, Pagano, así no hay manera de ayudarte. Y le pedí un espejo, director, ¿dónde está mi espejo? Hacen falta autorizaciones, Pagano, no es tan fácil y ahora menos con eso que dices de que te vas a matar. Si me manda un espejo, le doy mi palabra que no me mato y que me espero a que me maten ustedes. Te mata el Estado, Pagano, que es la máxima institución de nuestra convivencia, y lo hace por justicia, no por venganza. Eso sí que no, director, me matan los funcionarios que se sintieron afectados con mi crimen, los aliados de mi víctima, los que estiraban la mano cada vez que el jefe les daba dinero, ¿o cree que no me doy cuenta? El director se acercó a la reja para hablar bajito: No por ti, que me vienes valiendo madre, sino porque hay alguien muy interesado en que te tratemos bien, te voy a mandar un espejo irrompible, Pagano, para que no lo hagas astillas ni te cortes las venas. Si lo consigo, te lo mando. ¿Y para qué dices que lo quieres? Se lo escribí en una carta, quiero conocer al hombre que van a colgar, al hombre que sabe exactamente cuántos días le quedan de vida, quiero hacer una aportación a la ciencia, descubrir cuáles son las señales que van apareciendo en la cara del que está a punto de morir. Estás loco, Pagano. Y también muy triste, dije. Entonces el director se fue y yo me salí por la ventana, a ver el mundo. ¿Cómo pueden impedir que vea el mundo si puedo verlo nada más con cerrar los ojos y acordarme? Ahora veo una flor, por ejemplo, y más allá, mucho más allá, un horizonte rojo, y mientras veo las nubes, el sol despidiéndose y la infinita línea del mundo, siento cómo las lágrimas se escapan de mis párpados. En este momento no estoy triste, estoy alegre, disfrutando la vida, la intensidad de un horizonte sin orillas. ¿Ya entendieron? Ustedes son libres y no se dan cuenta.

14

El jefe era gordo sin serlo. Gordo como los gordos a los que no se dice gordos. De esos que pasan, nada más, y que nadie recuerda como gordos. Parecía hecho a la usanza de un globo. La cabeza pequeña, su cuerpo iba ganándole espacio al espacio conforme bajaban los botones hasta llegar al cinturón, que apresaba celosamente el excedente para decirle basta. A partir de allí, la silueta era delgada y corta, como si perteneciera a otro. Era dos, el de arriba y el de abajo, unidos y separados por la hebilla, que se iluminaba de oro con las iniciales de su apodo: EU, El Único. Pregunté de dónde el apodo. Los más distantes me dijeron que se lo habían puesto sus amigos; los más cercanos me contaron que así lo habían empezado a llamar sus enemigos. Pero él, que se enteró de mi pregunta, me llamó para decirme que eso era, El Único, lo que lo hacía feliz porque sus iniciales también contenían a Estados Unidos, el verdadero territorio de su imperio. ¿Qué sería del que vende sin el que compra?, se reía. Tenemos a los gringos aquí, en la palma de la mano, los maiceamos con droga porque ellos, de tanto tener tanto, necesitan diversiones imbéciles para sobrellevar su miseria. Gracias a esa ansiedad, decía, era posible venderles en miles de dólares lo que valía centavos. Los gringos son comerciantes natos de ganancia neta. Saben lo que cuesta hacer las cosas y saben venderlas como si fueran diamantes. Pero, se carcajeaba el jefe, en cuanto les das a oler cocaína se apendejan. Se recuperaba, se subía el pantalón tironeando de su cinto, y decía: Hacen fiestas estúpidas que sólo tienen una gracia: todos andan como idiotas, perdidos entre colores que no existen, babeando imágenes, tropezándose con muebles, ahogándose de mierda. Nosotros les vendemos la felicidad y ellos pagan urgentemente, sin regatear, emocionados. Y mientras tanto nos persiguen. Olemos mal, dicen. Y vienen a buscarnos con las manos extendidas, una para rogarnos felicidad y otra para matarnos. Es más fácil venderles algo que entenderlos, volvía a reírse. Más fácil pendejearlos que quererlos, y la risa iba subiendo. Más fácil matarlos de a poquito que enfrentarlos. Y ahora lágrimas de risa. Los gringos se escandalizan si fumas tabaco, pero te preguntan ansiosos dónde conseguiste eso, si te ven drogándote. Son puros como charcos. Un pañuelo para quitarse las lágrimas. No, puros como un mercado. Son mercado. Compran de sobra siempre, y cuando algo quieren pagan de sobra. ¿Qué sería de nosotros, humildes mercaderes, si no compraran nuestra basura? Hace mucho que anduviéramos haciendo otras maldades o vendiendo esferas de navidad, artesanías o foquitos de colores. ¿Cachas, Pagano? ¿Te das cuenta? EU, El Único, es el rey de EU. Ésa es la historia que cuenta este cinturón. Y no andes preguntando de más, porque a la próxima no te castigo sermoneándote sino colgándote.

El jefe era gordo sin serlo, de esos gordos que no recuerdas, a los que puedes ponerles apodos, como el Pelón, el Sabio, el Bizco o el Ladrón, pero no el Gordo. Son gordos de gordura invisible. Inflados nada más. Camisas a cuadros con botones amoratados. Chamarras de piel con imposible cerradura. Pero nadie les dice gordos. A este tipo de gordo su papá le dice fornido, su esposa robusto, su empleado recio y la policía corpulento.

A la mesa, ahogados en la abundancia de comida que nunca consumíamos del todo, muchas veces le oí decir su frase preferida: lo bueno de ser único es que sabes que no hay otro. Y todos, salameros, nos reíamos. No debíamos reírnos tanto, primero, porque ya habíamos oídos aquella gracia muchas veces, y, segundo, porque sabíamos que no era el único. Si lo fuera, no habríamos tenido que enterrar tanta gente propia ni matar tanta gente ajena. En todo caso había, al menos, dos únicos, el nuestro y el de la tienda de enfrente, menos gordo que el nuestro, tan cruel como el nuestro, más rico que el nuestro. Los dos jefes habían dejado de disparar y disparaban con manos pagadas para espantar, advertir, escarmentar o eliminar a las otras manos pagadas que también cobraban por espantarnos, escarmentarnos o eliminarnos. Invadidas las plazas, desatada la violencia, todo era levantar, torturar y asesinar para ver quién de los dos era El Único y si alguno merecía ese título.

El Único trajo a la muchacha aquella, de la que ya les he contado, para hacerla a su capricho, pero la muchacha resultó difícil. Primero, porque lloraba mucho y, luego, porque decía que no. Considerado, el jefe murmuraba que estaba dispuesto a esperarla, porque a fuerza el amor no sabe. Hacía que la llevaran a las reuniones para que lo viera en todo su esplendor. Las mujeres se enamoran del poder del dinero y del dinero del poder, decía. Lo demás son cuentos. A veces dictaba delante de ella órdenes mortales y volteaba a verla en busca de sus ojos admirados. A veces golpeaba a algún sicario o amontonaba fajos de dólares en una esquina, para que viera de lo que se perdía, pero ella seguía diciendo no, cada vez más extraviada. Al jefe le dio por la tristeza y, una tarde, las cortinas corridas y él en la penumbra, me dijo que él solito se había puesto aquello de El Único porque era El Único y a nadie se le había ocurrido nombrarlo así. El Único, empezó a firmarse. El Único, empezaron a llamarle, y él inventó que esa era la clave con la que lo conocían los servicios secretos de Estados Unidos. Y al rato los servicios secretos de Estados Unidos lo conocían como El Único. No te digo, si son retependejos. Pero no se reía porque estuviera triste. La muchacha no terminaba de rendirse. Pero un día me canso, dijo, y la tomo por la fuerza. Y entonces yo pensé que no, que si lo intentaba, no iba a lograrlo. Porque yo me había enamorado y no iba a dejar que la tocara.

13

Hoy he dispuesto que la marquesa Renata de Sigüenza, natural de Toledo y adornada por otros diecisiete renombrados apellidos, pase la noche conmigo. Mandé, pues, a la más selecta servidumbre a preparar la cama, las flores, los ungüentos y perfumes, y dejé transcurrir la tarde viendo mi ventana, que da al mundo. Sí, señores, el mundo asoma casi completo por esta ventana, porque viendo mi jardín, que da a una montaña, que da a un horizonte, que da a un cielo limpio, uno está en condiciones de atrapar al mundo. Porque un jardín tiene mariposas y colibríes, una montaña árboles y ardillas, un horizonte colores de distancia y un cielo abierto es libertad. Allí está el mundo entero. Faltaría tal vez el agua, así es que a mi montaña le pondré una pequeña cascada, esbelta y clara. Y si falta algo más, ahora lo detallo: un venadillo en aquella cima, un águila en el firmamento y a lo lejos un pañuelo diciendo adiós con un te quiero. Que la plebe me disculpe si la ofendo, pero debo decir que estoy vestido con mis ropajes más soberbios, calzado de forma que no piso sino vuelo y empolvado de cabello a mentón, casi soberbio. Feliz de saberme afortunado, extendí la vista, que fue a dar allá, al otro lado, más allá de la montaña, y vi a unos enamorados perder el tiempo discutiendo, a un ladrón huyendo entre las sombras y a un campesino arar eternamente bajo un sol ardiendo. El mundo se rinde ante mis ojos gracias a este rectángulo de fuego. Debería ser un derecho humano tener una ventana. Porque una ventana iguala condiciones, razas y destinos. Los ricos las tendrán de oro, de plata o de aluminio, y los pobres de hierro o de hojalata, pero no importa porque una ventana no vale por la herrería que la encuadra, sino por el alma que te entrega. Allí, en lo que te permite ver, en la libertad que te regala, está la ventana. Nadie debería carecer de una. En mi próximo decreto estableceré este derecho y prohibiré que se prive de ventana a cualquier ciudadano, so pena de severo castigo para quien infrinja esta norma. Ahora veo halcones y nubes, oigo pájaros migrantes que buscan un lugar entre el ramaje, respiro olores de jazmines y geranios, y contemplo al sol adormecerse, vestido de rojo y de hasta luego. Ver el atardecer es otro derecho que no está en ninguna constitución y que es indispensable para la vida. Igual que el amanecer, el mediodía, la lluvia, la ventisca. Yo nunca he visto el mar, por ejemplo, o la nieve, y me siento un poco despojado. Secretario, tome nota, que luego al calor de tanta guerra prolongada y tanto derecho de piso sin cobrar se me van olvidando las disposiciones esenciales. Que todo el mundo tenga una ventana, por allí empiece, y luego agregue todas las dichas y derechos que he tenido a bien nombrar. ¿Qué dice usted? Ah, sí, se me olvidaba. Qué descuido. Viene la marquesa Renata y no sé si estoy bien presentado. Que retoquen el polveado, almidonen mi camisa, lustren mi calzado. Que todo vuelva a estar a punto para que pueda recibirla como disponen los cánones de dos que se aman. La tarde se está yendo, camareros. Que enciendan la chimenea, preparen el vino y repartan pétalos desde el pasillo hasta la cama. El camino se enciende si es de rosas. Ella llegará descalza, mayordomo, y no quiero que sienta frío ni se hiera. Me pondré aquí, a la entrada, para tomar su mano y conducirla. Muchos amores se han perdido por extraviar la ruta. Y la luna, mayordomo, dónde está la luna. Es sabido que las noches de amor necesitan penumbra de luna. No, ésa no, es demasiado redonda y luminosa. ¿Es que no tiene una cortadita como rebanada, una que alumbre la penumbra pero que la deje intacta? Los cuerpos a la luz son demasiado crudos. Necesitamos vernos sin vernos, descubrirnos apenas, sus ojos como fogatas pequeñísimas y su piel como brasa, iluminada a medias. Esa luna puede ser, pero no, la imagino más delgada. Tampoco quiero una que invoque una canción de cuna. Lo que quiero es una bien trazada, discreta como un secreto, ardiente como el sexto beso. Consígame una de ésas que cantan los poetas, de ésas que los pintores andan persiguiendo. A ver, vamos a ver. Las puntas afiladas, el cuerpo de arete en el lóbulo del cielo, y un fondo oscuro, eso es, para darle hondura al techo. Bien, qué bien, ingeniero, es usted un astrónomo exquisito.

Y ahora qué sigue. Ah, sí, la espera. La espera. Qué larga es la espera del amor. Cuando al esperar ya no desesperas, ya no amas. A esperar, un poco ansioso, claro, sin paz, desazonado. Arde inquieto el pecho, el corazón incontrolado. La frente suda hirviendo. Temblando se desahogan las manos. La espera del amor siempre está de pie aunque uno esté sentado. Por fortuna, para esperar soy excelente. Espero a la muerte desde hace tiempo y sé que la espera recompensa. Mayordomo, acérqueme ese cojín que la espalda empieza a quebrantarse. Gracias. Espero, no se mortifiquen por mí, vayan de vuelta a sus quehaceres. La espera es agonía solitaria. Déjenme a solas, así estoy bien, sereno por fuera y sobresaltado por dentro. Vayan, vayan, yo velaré la espera como el caballero vela sus armas y el poeta su desvelo.

A las once menos cuarto me avisaron que la marquesa Renata no vendría, y que si acaso viniera, no podría pasar porque es contra el reglamento recibir visitas después de las diez treinta. Dele usted unos minutos más, mayordomo, primer mayordomo de mi corte, lo nombro a usted ayudante personal, vicecónsul de mi marquesado, lo que sea, pero extienda un poco el reglamento, yo sé que en estos sitios se acostumbra. Cinco minutos, nada más. ¿Dice usted que no se puede? Entonces ruego tres o dos y medio. Gracias, vicecónsul, aprecio su gentileza. ¿Cómo dice usted? ¿La prórroga fallece? Un minuto más, buen escudero, de esos que tienen sesenta y tres segundos completos. Vaya usted a la entrada y pregunte. Si la ve venir, apresúrela, dígale usted que tengo preparado un paraíso, dígale usted que si no quiere abrazarme y amarme, yo lo entiendo. Dígale que sólo quiero verla un instante a la luz de esta buena luna que hemos traído desde lejos.

¿No hay nadie en el trámite de entrada, nadie que venga por la calle? ¿Nadie, nadie? La marquesa Renata es una sombra delgadita, quizá por eso sus ojos no alcanzaron a mirarla. Pero es seguro que ahora mismo está dando vuelta en la esquina de los amores demorados. ¿Ya no irá usted? ¿Debo dormirme? En todo caso, si llegara, ¿podría decirle que estuve esperándola? Que teníamos para los dos pétalos y aromas, que había una penumbra perfecta y una luna santa. Dígale que éste era el último día. Que el Estado ha dispuesto que los condenados a morir no podamos amar diez días antes del encuentro con la horca porque el corazón se adelantaría a la soga. O no, no la haga padecer, se sentiría culpable. Sólo dígale, entonces, que adelantaron mi ejecución, y que fue a petición mía, porque no quería volver a verla.

12

Cornelio, que ha cambiado mucho en los últimos días y que por lo tanto es ahora servicial y comprensivo, vino a decirme a las diez de la mañana que el Gabinete de Seguridad quería verme. Oh, qué fastidio. Diles que no, Cornelio, no tengo tiempo. Que no tienes tiempo, Pagano, si no estás haciendo nada. Estoy pensando, Cornelio. Pero es que dicen que es urgente. Pensar es urgente, Cornelio, es lo único que puede ser urgente, ahora que ya aprendiste a escuchar voy a decirte algo: lo que no pienses ahora, no lo pensarás nunca. Sabes por qué el mundo está al revés. Porque toda la gente anda haciendo cosas sin pensar. Pensamientos es lo que precisa el mundo. Únete a mí, piensa, y este planeta, tan maltratado, estará un poco mejor. Es que están todos, dijo Cornelio, ya angustiado, el secretario de Gobernación, el de la Defensa Nacional, el de Marina, el procurador general, el Comisionado Nacional de Seguridad, no puedes hacerles esto, Pagano. Que hagan una cita con tiempo, para eso existen las agendas. Que no, Pagano, no puedo decirles eso. Que sí, Cornelio. Que no, Pagano. Bueno, bueno, que esperen media hora, una hora, no puedo malacostumbrarlos a recibirlos a capricho, dije, y me senté a seguir pensando. Faltan doce días. Ése era todo el pensamiento. Doscientas ochenta y ocho horas. Diecisiete mil doscientos ochenta minutos. Y un minuto menos en lo que hago la cuenta. Pagano, me desconcentró Cornelio, dicen que vienen por instrucción del presidente. Un minuto nada más, dije, y desdoblé la última cuenta: un millón treinta y seis mil ochocientos segundos. De los segundos que me quedan, le dije a Cornelio, sólo puedo darle al Gabinete de Seguridad mil ochocientos. Díselos, para que luego no tenga que echarlos de mal modo.

Uno a uno, los funcionarios fueron entrando. De pie y con la espalda en la pared, amontonados, quedaron en semicírculo en torno mío. Señor Pagano, dijo el secretario de Gobernación, el presidente nos ha pedido que acudamos a este recinto con el propósito de escuchar su calificada opinión sobre ciertos temas fundamentales para la seguridad de la nación. Los escucho, dije, disculparán ustedes la falta de espacio, pero en fin, son los metros cuadrados que me facilita el Estado para asesorarlos.

Señor Pagano, dijo el secretario de la Defensa, yo quiero conocer su opinión acerca de que el Ejército participe en el combate a la delincuencia organizada. En mis tiempos infantiles, dije, a veces jugaba a los soldados. Cuando eso sucedía, no hacía falta encontrar un argumento para la fantasía. El juego consistía en disparar. Había muchas bajas en ambos bandos. Ganaban los que tenían menos. Y cuando ganaban, de todos modos ya eran pocos. No hay manera de jugar a los soldados sin matar. El general secretario se cuadró, se llevó una mano a la frente en impecable saludo militar y dio un marcial paso atrás.

Señor Pagano, dijo el secretario de Marina, quiero saber qué opina usted de que los marinos andemos tierra adentro. Marino viene de mar, secretario, no de tierra. Como parecía no comprender le pregunté dónde estaban sus barcos. En el mar. ¿Todos? Todos. ¿Entonces por qué la mitad de sus marinos andan en tierra? El almirante hizo una leve inclinación y luego se puso en posición de firmes.

El Procurador General sólo quería preguntar si yo, con mis antecedentes, podía informarle si la delincuencia le temía a sus agentes. En mi trote por ese mundo, respondí, escuché decir que antes, cuando un delegado de la Procuraduría llegaba a una plaza, mandaba llamar a los delincuentes y les decía: Cuidado con esto, con aquello otro, si hacen esto o lo otro, me voy encima de ustedes, así es que ya saben. Pero a mí me tocaron otros tiempos. Y esos tiempos siguen vigentes: cuando llega un nuevo delegado de la Procuraduría, el delincuente jefe de la plaza lo manda llamar y le dice: Cuidado con esto y con esto otro, y si haces esto y esto otro, no lo cuentas. No sé si eso contesta su pregunta.

El comisionado de Seguridad Nacional era un hombre tímido, y el uniforme, oscuro y de botones dorados, no alcanzaba a rescatarlo. Me vio como se ve al oráculo y me preguntó si creía que la guerra contra el narcotráfico terminaría pronto. No sé, le dije, pero si se va acabando, pueden recurrir a prohibir el alcohol, el azúcar, las sandías, así habrá más cárteles y usted tendrá empleo largo tiempo. El hombre respiró profundamente, satisfecho.

El secretario de Gobernación me dijo que quería informarme que, según las estadísticas del Consejo Nacional de Seguridad, todos los delitos iban a la baja y que los homicidios dolosos se habían reducido casi a la mitad, lo que mostraba la fortaleza de las instituciones. La pregunta era por qué, entonces, contradiciendo esos informes oficiales, la gente andaba desconfiada y declaraba sentirse insegura.

Le dije que cuando yo era niño los periódicos dedicaban una página a dar cuenta de homicidios, atropellamientos y choques. Y que ahora todos los diarios publicaban páginas y páginas de muertes, ejecuciones, extorsiones, desapariciones, fraudes, detenciones. Deles sus estadísticas, secretario, para que sepan la verdad.

El Gabinete de Seguridad en pleno me pidió que cerrara la reunión con un mensaje. Me puse de pie y pronuncié el que creo ha sido y será mi mejor discurso: Señores, dije, la vida es un segundo.

11

Como lo prometió el director, hoy me trajeron un espejo, un círculo de doble cara que por un lado ofrece una visión llana del mundo y por otro una versión amplificada. Es irrompible, me dijo Cornelio, para que no te cortes la garganta con los pedacitos, digo, por si tenías esas intenciones. Me porté muy digno, sin agradecimientos exagerados. Lo recibí sin verlo y lo puse sobre la cama. Durante cuatro horas estuve recibiendo grupos, la Cofradía del Santo Rosario, la Asociación Civil contra los Matrimonios Gay, el Frente Nacional de Liberación Sexual, la Federación de Policías Desempleados, el Colegio de Logística y Distribución de Sustancias Prohibidas y la Asamblea de Pueblos para la Extorsión Productiva, entre otros. Algunos querían fotografiarse conmigo para aumentar su prestigio; otros mi autorización para incluir mi nombre en una carta para exigir no sé qué; otros, una recomendación para sus hijos, y algunos, mi consejo para expandir su organización en el ámbito internacional. A pesar de que estaba pensando en el espejo, los escuché con atención y puse cara de que comprendía sus respectivas causas, incluso lloré un poco en los momentos más emotivos, como cuando los policías desempleados me pidieron que les comprara armas o cuando los de la Asamblea de Pueblos me rogaron que les enseñara a hacer bombas molotov atómicas. Para todos tuve palabras de ánimo y consuelo y a todos les dije lo que pienso de la vida, es decir, que la vida es un segundo. Este discurso, aunque más largo de lo que yo quisiera, tiene mucho éxito. La gente se va muy satisfecha, como si hubiera oído una sentencia bíblica.

Ya tarde, concluida la agenda, me cercioré de que nadie estuviera cerca y fui por el espejo. Lentamente y con cierto temblor lo puse frente a mí, al principio con los ojos cerrados. Tardé unos minutos en alcanzar el valor para abrirlos. Y cuando lo hice allí estaba yo, dentro del espejo. Hacía mucho tiempo que no me veía. Me di cuenta de que sigo siendo yo. Encontré huellas del que fui y pistas de lo que soy. A pesar de apenas rondar los treinta, mi cabello empieza a escasear, mi frente está llena de surcos y algunas de mis cejas son más largas. Mi nariz es más grande y mis ojos más tristes. La boca ha empezado a achicarse y el mentón ha perdido fuerza. Pero fuera de estos rasgos, que me hacen ver más adulto, no encontré en la primera revisión un aviso mortal. Debería tenerlo después de tantos años de convivir con la muerte. Éste soy, me dije, y me dio pena ver lo que era. Busqué despacio algún rastro de agonía, algo que dijera que me estoy muriendo. Mi agonía, bien lo sé, no es producto de una enfermedad terminal, sino de una sentencia, de modo que el anuncio de la cercanía de mi muerte no puede ser el deterioro, sino algo más oculto, más sutil, quizá volátil. Dónde encontrar la marca de la conciencia del que sabe exactamente la fecha de su muerte. Ése era el acertijo. Giré el espejo y vi mi rostro groseramente detallado, centímetro a centímetro. Cada vez me parecía más ordinario, un rostro corriente, de esos que habitan la tierra por miles de millones. Veía aquello que era yo y que de tan repetido merecía ser arrojado a la basura de lo burdo, al almacén de lo vulgar. Estaba hastiado de ver lo mismo y de no hallar el trazo, el indicio que revelara dónde llevaba tatuado el secreto de la muerte. Estaba cansado, pero decidido a encontrar la seña que podría exhibir como prueba científica de que se puede advertir la muerte unos días antes de que llegue. Ése sería mi descubrimiento, mi aportación al mundo de los vivos, cuyos habitantes están destinados a poblar el mundo de los muertos. Vi tantas veces y con tanto esmero mi rostro y cada una de sus partes, que comenzó a parecerme un amasijo, como sucede con una palabra que se repite muchas veces y que a la vigésima ocasión pierde sentido. Mi cara era caótica, una mezcla informe de ojos y labios, cejas y nariz, fragmentos todos arrojados en desorden sobre el espejo. Sin concierto, las pestañas nacían en cualquier área y mis ojos flotaban desorbitados, la boca arriba y la nariz de perfil. Basta ver docenas de veces una cara para empezar a encontrar las huellas de lo que ha sido, con todas sus faltas enredadas en la anarquía del pasado, con un presente que se escurre a cada segundo y con un futuro que se corta de pronto, sin salida. Retuve el espejo por fuerza frente a mí y soporté el caos. Vi ir y venir la danza de orejas, pupilas y mejillas rotas. Cada monstruo fugaz era yo, y había en cada transformación un abismo. Mi conclusión me pareció rotunda: cuanto más lejos está la muerte, el rostro es más estable; cuando la muerte se acerca, se rompe el orden, y el desconcierto impera. Se agolpan los órganos, desenfrenados, y se amotinan, huyen, fugitivos del incendio, del barco que se hunde, de la vida que se acaba. A once días de morir, mi rostro era ya abiertamente confuso. Había dado con el secreto.

Pero luego sucedió algo extraordinario: a la luz de la única lámpara que me acompaña, vi la sombra del espejo en el piso, sin nadie que lo sostuviera. En el mundo de las sombras, mi sombra tenía que estarlo sosteniendo. Pero en lugar de la sombra habitual, en la pared sólo había una pálida silueta. Decepcionado de mi conclusión precipitada, medito ahora en dos hipótesis: o el rostro se deforma en la víspera del fin o la sombra se desvanece gradualmente hasta hacerse nada en el momento de la muerte. Si esta última es la verdadera, entonces uno no se muere porque el corazón se detenga ni porque cese la respiración, sino porque la vida desaparece con la sombra. Morir es no proyectar ninguna sombra sobre el mundo.

10

Hoy es un día espléndido. Los condenados a muerte, los ejecutados por alguno de los muchos Estados que han pasado o están pasando por el mundo nos hemos reunido y vamos aquí, alegremente, desfilando. Por aquí viene el gitanillo, el ladronzuelo, la espía, el homicida, la adúltera, el engatusador. Todos vamos cantando el himno del último momento, cuando apretó la soga, dispararon los fusileros, se electrificó la silla, cayó la guillotina. Es un himno hermoso porque lo recuerda todo, el descuartizamiento, la estrangulación, el vil garrote, la hoguera y la inyección letal, inventos todos del ingenio de hombres honorables. Vamos cantando lo que sabemos de la vida: Que no pare nunca la justicia para que siga matando a los culpables, a los inocentes y a los sospechosos. Todos estamos listos para morir por primera vez o para morir de nuevo. Aquí vienen hasta aquellos que sólo son culpables de ser judíos, ucranianos, circasianos, musulmanes, armenios, hereros, namaquas, selknam, camboyanos, mapuches. Todos cabemos en este contingente como caben todos los seres vivos en el mundo. Cantamos porque morimos juntos, cada uno solitario, y mientras desfilamos oramos por los jueces, los magistrados y los legisladores, mujeres y hombres sabios que saben que el delito se persigue con la muerte. Llenos de misericordia, los hombres han creado lúcidamente ejecuciones placenteras. Los Estados matan a gusto y los sentenciados a gusto morimos. A veces más cruel y más despacio, y a veces más rápido y certero, el Estado siempre se ha empeñado en matar a los que lo avergüenzan. La ley es vengativa y tiene sed. Cantemos pues el himno del último momento. Hay estrofas hermosas en alabanza al genio de los que sostienen la muerte oficial como estandarte. Celebramos las setenta y cuatro formas mortales de hacer justicia. Que no quede ni un delincuente en las cárceles, que si nacemos para matar y morir estamos dispuestos al cadalso. Vamos, hermanas y hermanos sentenciados, que todos somos hijos de la misma vida y de la misma muerte.

Marchamos felices y risueños por las calles del País de los Condenados a Muerte, elegantemente harapientos, vergonzosamente dignos, valientemente temerosos, fatalmente inmortales. No he visto nunca desfile más colorido, melancólico y sangriento que este desfile de pena capital y muerte justa. Aquí van revolucionarios, asaltabancos, predicadores, forajidos y blasfemos sin distingos, mano con mano nobles y plebeyos.

Que se agiten los muertos y se retuerzan los vivos. Que dé inicio el desfile, el desfile ardiente y frío de ellos, de nosotros, los ajusticiados.

Y qué les parece, magistrados, si comienzan los más cruentos, los lapidados, es decir, las lapidadas, que son abundante mayoría, porque es más fácil, lo saben todos los verdugos del mundo, arrojarle piedras a una mujer que a un camello. Celebremos que ellas muestran aún las huellas de tanta puntería regocijada que les llenó de heridas inocentes el cuerpo culpable. La sangre es la antesala del averno. El dios Yahvé recomendó en Éxodo 24:14 y en Deuteronomio 22:20 la lapidación para castigar a los blasfemos y a las mujeres que no llegaban vírgenes al matrimonio. El mismo Jesús, que se compadeció de la mujer que iba a ser lapidada por adulterio, al hacerlo no pronunció una palabra en contra de la ley divina. No la maten a ella, dijo nada más, y retó a los lapidarios: el que esté libre de pecado, que lance la primera piedra. Sin ningún santo en los alrededores, la mujer siguió con vida.

Y aquí vienen, señoras, señores, los desmembrados, las extremidades desprendidas, las articulaciones destrozadas, manos, piernas, hombros y caderas hermosamente destruidas. Va al frente Tupac Amaru, el hinca descoyuntado. Les siguen los primeros habitantes de Tlaxcala, abierto el pecho por la obsidiana azteca, todavía esperanzados en encontrar en alguna parte su corazón arrojado a las escalinatas, la sangre vistiéndolos de un rojo deslumbrante. Y para que no se suspenda el desfile por falta de color, vienen ahora lo desangrados, cuyos verdugos hicieron heridas a capricho para darles la feliz tortura de una muerte lenta. Ah, desangrado, sabes que te estás muriendo, y lo sabes y lo sabes hasta que los ojos se te nublan y entras tropezando en el infierno.

Hagamos una pausa, compañeros, para que no nos atragantemos de tanta muerte legal, para que respiremos un poco, para dejar que los coros de los que han pasado se vayan diluyendo. Así está bien, un poco de silencio. Aunque hoy estemos celebrando los tormentos nos viene bien un trozo de paz, no es fácil soportar a tanto muerto. Pero no podemos detenernos mucho tiempo, porque con tantos contingentes aún en espera nos llegará la noche. Vamos ya, reanudemos. Oh, humanidad sabia y justiciera, líderes y clérigos, guerreros y ministros, vengan a ver lo que hemos hecho.

Ahora avanzan los empalados, los distinguidos por las leyes para morir con una estaca en la boca, en el costado o en el recto. Es cierto que hay gente maltrecha y mal ejecutada, pero, observen, también puede apreciarse el trabajo de verdugos exquisitos. Por ejemplo, a ver, compañero, por favor, que lo vean a usted de cuerpo entero. Miren ustedes, aquí se ve claramente cómo la estaca entra por el recto y atraviesa a este pobre sujeto hasta salir por el hombro derecho. Vean ustedes qué labor para impedir que la estaca toque el corazón y evitar que este hombre se muera antes de tiempo. Así la muerte llega lentamente y no de golpe, se goza a cabalidad y es más ejemplar el escarmiento. Disculparán ustedes lo caudaloso del contingente, pero es que además de los empalados por Francisco Franco, vienen los tres mil babilonios que mató el rey Darío por empalamiento. Cuánta distinción dan estos ejecutados al desfile con sus vestidos a la antigua y desgarrados, como lo dan también los más modernos, desde el que se rebeló contra el tirano hasta el que solamente escribió versos. Allí van los empalados, avanzando sobre sus estacas. Miles de estacas y miles de vivientes muertos.

Detrás vienen los glorificados por el Gólgota, los crucificados, aquellos que se mueren de nada porque la cruz no mata. Matan el hambre, las hemorragias, la insolación, armas que no saben quitar la vida pronto y, lentas, bárbaras, te regalan tres días antes de arrebatarte lo poco que resta de ti. A veces los romanos, ay, los compasivos romanos, se condolían de los crucificados (¿o es que necesitaban las cruces para seguir matando?) y quebraban los fémures de las víctimas para acelerar la muerte. La multitud grita ¡Jesús! ¡Jesús!, y yo me esmero para encontrarlo entre tantas cruces caminantes. Espero verlo iluminado por un rayo divino, pero nadie tiene aureola ni corona. O vino como un hombre más o es que mis ojos son indignos.

Y he aquí que lo que sigue no son seres humanos completos, sino pedazos nada más, hombros, torsos, brazos, dedos, piernas a medias. ¿Pero qué sucede, es qué no hay uno solo entero? Y no, no hay, porque para eso es el descuartizamiento.

Ahora pasan los muertos en la hoguera. Me conmueve su culpa, su herejía, su aire de brujos, su talante místico, porque todos ellos fueron juzgados y sentenciados por hombres santos. Creer o no creer, les dijeron. Y ellos no creyeron, o creyeron y se arrepintieron, o creyeron y alguien los acusó de incrédulos, hechiceros o blasfemos. Las altas jerarquías de la iglesia los mandan quemar porque son benévolas y saben que el fuego purifica. Pocos son los que mueren por el fuego, porque al fuego se los arrebata el humo. La lumbre quema por fuera y el humo asfixia por dentro. Elige tú, apóstata, o muérete de miedo. Al frente, pueden verla ustedes, marcha Juana de Arco, que sigue repitiendo aquello de las órdenes divinas. Yo te perdono, Juana, y a la vez te pido perdón. Todos somos hijos de la misma vida y de la misma muerte.

Haced un alto, lo suplico. Necesito entender lo que veo. ¿Por qué ahora son tantos los que vienen que parecen cien ejércitos? Ah, ya, se trata de los muertos por gas. A los estadounidenses, que saben orar y matar al mismo tiempo, se les puso que la silla eléctrica era demasiado cruel, oh, qué horror y qué tormento, y a la búsqueda de un método más humano inventaron la asfixia por gas. A los nazis les encantó el regalo y así mataron a cientos de miles de judíos. Vamos, a las regaderas, a bañarse, que huelen a campo de concentración y sufrimiento, pero no era agua sino gas, ése era el cuento.

En un día los nazis podían matar a diez mil y no ejecutaban a más no porque los detuviera la misericordia, sino porque habían encontrado una rápida forma de matar, pero el crematorio seguía siendo lento. En honor a que en Estados Unidos la ejecución por gas sigue en vigor, cierra el grupo Walter LaGrand, el más reciente sentenciado, que luego de dieciocho años de haber asesinado al gerente de un banco, necesitó otros dieciocho minutos para morir asfixiado, previas y merecidas convulsiones y espasmos.

Hagan un espacio que vienen los envenenados, y todos ellos son nobles, distinguidos hombres de su tiempo que faltaron a las leyes y a quienes les fue concedida una muerte honorable, una que no les abriera la piel ni les arrancara un miembro. Morir completo, visto bien, era una distinción para el condenado.

Allí vienen los estrangulados, que muestran orgullosos la heroica explosión de las arterias. Van erguidos, mirada sin rumbo, alzando sus pendones de guerra. Muchos entre ellos fueron enemigos de los romanos. Ya sometidos, los llevaron a la plaza y los estrangularon. Es el derecho del vencedor, que mata legalmente para vengar, escarmentar y gozar. La victoria rinde privilegios.

Llegan ahora los perforados en el pecho. ¡Qué cantidad de agujeros puede hacerse en un torso, compañeros! Ellos son los fusilados, el práctico método para matar de prisa a prisioneros. Es mejor gastar en balas que en comida. Muerto nadie escapa por más vivo que sea. Y para los fusileros, un consuelo: uno de ellos tiene, sin saberlo, balas de salva, para salvarse de la culpa que a veces, muy de cuando en cuando, atormenta al sayón. Quizá mi fusil no tenía balas, dice, de regreso al hogar, y se arrumba en una esquina para ahuyentar el recuerdo. Fusilados, marchen con la cabeza en alto, como murieron, y no se avergüencen si lloraron frente al pelotón. Lo importante es que esperaron la descarga de pie, como debe hacerlo todo aquel que muere a tiempo. Ánimo, guerreros, que los muertos por fusilamiento gozan de una gloria inmortal: llevar para siempre hoyancos sangrientos en el pecho.

Igualmente heroicos y muertos, marchan los ejecutados por disparo en la nuca. El valeroso ajusticiador los hinca y luego, después de un discurso didáctico y profiláctico, afirma que el gatillo está en su dedo y la justicia en su mano. Y dispara. Y el acusado siente el fuego, y se sostiene medio segundo, incrédulo, y luego cae de lado, convertido en objeto y en silencio. Hermanos, honrados hermanos, hoy han vuelto a caminar, y marchan para enseñarle al mundo que uno puede estar arrodillado en la víspera del disparo, pero puede levantarse en cuanto pasa el miedo.

Y ahora los colgados, los amados ahorcados, los que con una agitación ansiosa que lucha por la vida se hunden en la muerte. La cuerda que los asfixia colapsa los vasos del cuello, venas yugulares y arterias carótidas, hermosa forma de saciar el hambre de justicia. Como yo moriré así, saludo a los que van pasando y les digo que en el próximo desfile me hagan un lugar, un pequeño espacio para marchar con ellos. Me doy cuenta de que no los avergüenza la horca sino la última erección, mecánica, como una protesta silenciosa. Mueren lanzando este grito ridículo y mudo, inútil ya, vencidos en el trance.

A un lado los sentimentalismos, que allá vienen los sentenciados a la rueda. Rueda la rueda lentamente, tortura plástica y cambiante, los hombres atados y girando. Mira cómo rotan, los ojos rodando para ver pasar lo último del mundo. Irán a dar al mar, prendidos a su rueda eternamente. Otros que también van a ríos y mares a morir vienen detrás. Son los ajusticiados por *culleum*, los lanzados al agua con un gorro de piel de lobo y zapatos de madera, metidos en un saco con una víbora o con un perro. ¡Honremos a los inventores de la muerte oficial!

Frente a estos hombres y mujeres muertos por agua, palidecen los ejecutados por ahogamiento simple, incluso con procedimientos escasamente heroicos. A algunos les han metido y sostenido la cabeza en un balde. Cuántas ganas de humillarlos, pero aquí no, señores, aquí los honramos a todos, sin importar la magnitud del espectáculo que cada quien brindó a su pueblo.

Ahora pasan frente a ustedes los ejecutados por mil cortes o por mil y un cortes, según la tradición china. El verdugo se ha cuidado de hacer pequeñas incisiones para que la agonía se prolongue y la sangre encuentre mil caminos para abandonar al infortunado.

Aquellos que vienen detrás y que ahora pasan delante son los condenados al suicidio forzado. Nobles ellos, han podido escoger: o beben un veneno o se arrojan sobre su espada. Sócrates, me dicen, se ha negado a encabezar al grupo, pues piensa que la muerte, para ser gloriosa, debe ser discreta.

Y allí vienen aquéllos a los que se condenó a la vivisepultura. Vienen desde la antigua Grecia a participar alegremente en el desfile y a mostrarnos sus rostros, desesperados, queriendo respirar a pesar de la tierra que los sepulta en vida. Los organizadores han tenido a bien unir este contingente al de los emparedados, pues juntos presentan una coreografía armónica, todos dispuestos a respirar por última vez a un mismo tiempo.

También de Grecia llegan los que fueron lanzados al vacío, aunque a algunos de ellos se les permitió precipitarse a sí mismos. Instalado el método en Roma, los infractores eran arrojados al vacío inmediatamente después de pronunciada la sentencia, pero luego, en los primeros siglos del imperio, se decidió que no, que después de dictada la condena había que dejar pasar un tiempo para que el reo padeciera un poco más mientras transcurría la espera. Oh, qué bien lo saben los Estados modernos, que suelen tardar años en ejecutar a los sentenciados a muerte, no para regalarles un poco de vida, sino para hacerlos morir cada día durante mil días.

El espectáculo va creciendo. Vean ustedes a los devorados por las fieras, informes, sin rostro ni maquillaje, los hombros sangrantes, las piernas truncadas. Y allá vienen las víctimas de arrastramiento. Con qué gran elocuencia vienen narrando el dolor de su último trance, llenos de polvo y llagas, dando tumbos, dejando estelas de gritos y de sangre. Avanzan detrás los asfixiados por humo, grandes hombres y mujeres a los que se arrebató la oportunidad de algo más digno.

En los tiempos del espectáculo, deberíamos rescatar lo que ahora vemos: vienen los sentenciados a luchar contra gladiadores profesionales. Sin ninguna oportunidad blanden la espada sosamente y no saben qué hacer frente al guerrero que se divierte. Y si por casualidad, por accidente, por esas cosas que suceden sin concierto, matan al primer enemigo, la ley les pone otro y así hasta que pierdan la última batalla. ¿Qué se puede esperar del que lucha por primera vez frente a quien ha hecho de la lucha su sustento?

Pero si esto no les parece suficientemente plácido, vean ahora lo que viene: los combates a muerte entre parientes. Oh, sabiduría humana, cómo has podido imaginar este entretenimiento.

Y ahora, los decapitados. Un trazo de espada y ya está, cabeza y cuerpo por su lado. Qué limpieza de ejecución, qué himno a la elegancia. Después de la separación, lo que usted guste: o expone la cabeza en algún sitio concurrido o la vende. Ya ve usted que compradores hay para todo.

Señoras y señores, la tarde ya está pasando y asoma la oscuridad en el cielo. ¡Hemos devorado el día viendo muertos! Nadie quiere irse, que en cuanto se le toma el gusto se puede uno estar aquí un año entero. Pero es tiempo de terminar, hermanos, dejemos paso al último cortejo.

Desfilan completos y ligeros los ejecutados por inyección letal. Es un gusto conocerlos. Todos estos han muerto de lo mismo: se les inyecta por vía intravenosa una cantidad letal de barbitúrico y de un químico paralizante. Tres sustancias en una, amigos, cortesía de la misericordia humana: tiopental sódico para que pierdan el conocimiento; bromuro de pancuronio para paralizar el diafragma, y cloruro de potasio para despolarizarles los músculos del corazón y provocarles un paro cardiaco. Previniendo frustraciones, se aplica el triple de la dosis necesaria para matar a una persona. La ciencia al servicio del hombre a fin de sustituir a la cámara de gas y a la silla eléctrica. Todo es muy decente y serio: un monitor cardiaco avisa cuando el corazón ha dejado de latir. Se comprueba la muerte del condenado y un oficial elabora el certificado de defunción. Gracias a este procedimiento la muerte duele nada más poquito. Por eso es que los ejecutados por inyección letal van muy serios, casi aburridos. Si acaso, de cuando en cuando, se convulsionan. No los juzguen, señores, traen tanto veneno adentro que no pueden caminar derecho.

El desfile se engalana con los ejecutados por garrote vil, silla eléctrica y guillotina. Ellos han querido marchar juntos, revueltos, nucas reventadas, cuerpos quemados y cabezas flotando. Es una procesión única, llena de penumbra, alumbrada sabiamente por los faroles de la avenida Robespierre. Detrás van los cadáveres decapitados de los guillotinados. Lucen banderas rojas como la sangre y piden en mantas el retorno de la guillotina. Ellos saben lo que dicen, pues fueron beneficiados con una muerte de un segundo y aseguran que todavía alcanzaron a acordarse de su infancia cuando ya la cabeza estaba lejos. Los quemados por corrientes eléctricas no se sienten menos y reclaman que la silla sea de nuevo entronizada en las leyes como la muerte oficial. Gritan que toda silla es un trono y que los condenados a muerte deben saber qué se siente reinar por un instante. A garrote vil, dicen los así ajusticiados, no hay nada mejor que sentir cómo la nuca se hace de papel y uno se muere sin darse cuenta. Esto ha terminado en una disputa por la gloria. Que nadie se intimide. Cada quien tiene derecho a ilusionarse en que la suya ha sido la mejor ejecución. Yo, a fe mía, me decanto por la guillotina, que es rápida, sangrienta, cinematográfica, literaria y plástica. Lo sostengo ante cualquiera.

Y ya no digo más, que en la plaza están reunidos todos los participantes y nos espera allí una gran fiesta. Perdonad que no los invitemos. Esta parte es sólo para nosotros, los sentenciados, los ejecutados, los asesinados por el Estado, los hijos de la misma justicia y de la misma muerte.

9

Don Aparicio Escalante de la Borbolla, un abogado famosísimo del que yo nunca había oído, y si sé que es famosísimo es porque él me lo dijo, ha venido a verme con una palidez extrema y una elegancia incomprensible. Me ha dicho que él puede obtener el indulto presidencial para mí, eso es seguro, no tiene duda porque él, de que toma un caso, lo gana. Lleva treinta y un años edificando su prestigio, y no lo va a tirar, claro que no, el prestigio es lo único que tiene un abogado. Así es que no, señor Pagano, si vengo a verlo no es para jugar con su angustia ni para ganar dinero. Gana a montones, dice. Con cuatro o cinco casos al año tengo para vivir veinte, así es que no es por dinero, no se enrede usted. Y entonces, le dije yo, repantingado en mi cama de concreto, la espalda en la pared, como me pongo cuando me siento un poco avasallado. ¿Y entonces?, me pregunta usted. He aquí mi respuesta: me interesa la justicia, la Justicia con mayúscula, señor Pagano, no la de todos los días, un liberado por acá, un liberado por allá, no, sino la Justicia como valor supremo de la convivencia. Y si tanto le interesa la justicia, por qué no vino antes. Porque es usted culpable, señor Pagano, todas las instancias lo han ratificado. Yo no voy a ir a los tribunales, primero porque no defiendo homicidas, y segundo porque usted ya ha agotado todas las instancias. Entonces no entiendo, dije. Y no, no entendía. No voy a litigar por usted, voy a mover la sensibilidad y la voluntad del presidente para que, en un acto de misericordia, decrete el indulto. ¿Misericordia? Es lo que usted necesita, porque por justicia a secas usted es, irremediablemente, un culpable. Soy respetuoso de las instituciones y no voy a poner en duda la honorabilidad ni la competencia de los letrados que lo han juzgado. Pues si le interesa la justicia y yo he sido condenado, deje usted que la justicia se haga cargo de mí. Ah, no, señor Pagano, no voy a hacer eso. Ya le dije que me interesa la Justicia con mayúscula, la que va más allá de alegatos, pruebas y dictados. La Justicia que yo busco es la que sostiene que nadie, y menos el Estado, tiene derecho a privar de la vida a nadie, incluido a un asesino. A eso vengo. Es una cuestión de principios, de perspectiva filosófica, una declaración profesional y ética: no a la pena de muerte. El caso es que usted puede, le dije, salvarme de la horca. Puedo hacerlo y lo haré. Déjeme pensarlo. Lo haré con o sin su consentimiento, señor Pagano, esto no está en sus manos sino en las mías. Entonces vaya usted en paz y haga lo que quiera. No tan rápido, señor Pagano. La prensa sabe que estoy aquí y ya empiezan a especular. Seguramente ya alguien está tuiteando ahora que voy a apelar al indulto. Y saben que nunca pierdo. Para eso he venido. En busca de la gloria, dije. No necesito gloria alguna, replicó, que si hay gloria para un abogado, la tengo ya ganada. Ya le he dicho que sólo quiero impedir que se consume un acto contra natura. Usted me importa poco. Es la lucha por la vida como valor primario de la existencia. Todos tenemos derecho a la vida, y eso no es negociable. Presionaré, convenceré, conmoveré al presidente y usted seguirá viviendo más allá del 19 de mayo. ¿Y me puede decir usted para qué? Eso lo decide usted. Cada quien es dueño de su vida y la suya, a decir verdad, no me incumbe. Yo ya estoy hecho a la idea, señor abogado, y a estas alturas me ilusiona más la muerte que la vida. Eso es lo que quiero combatir, la resignación, la inconsciencia, la apatía del sentenciado y el espectáculo de su ejecución. En cuanto obtenga el perdón presidencial, usted saltará de alegría y querrá vivir de nuevo, dueño de su vida aunque permanezca prisionero. La libertad se lleva dentro, señor Pagano, sin importar los muros, las cercas o las torres de vigilancia. Es natural que usted, un ladrón de poca monta, elevado a la categoría de asesino por los accidentes de la vida, no lo comprenda, pero aquí estoy yo para decírselo. Y no me lo agradezca, que tampoco ando buscando gratitudes. Señor abogado, permítame usted un apunte en medio de su discurso. No diga nada. Estoy levantando la mano, y si tengo derecho a la vida, tengo derecho a decir lo que quiera. El abogado Aparicio dudó por primera vez en veinte minutos y yo aproveché para decirle que en toda mi vida no hice nada relevante y que ser el primero en cien años en morir ejecutado por el Estado era mi única oportunidad de pasar a la historia. El hombre meditó un momento y luego sonrió y se quitó la máscara. Si lo ejecutan el 19 de mayo, pasa usted a la historia, me dijo, pero si lo impido, paso yo. ¿Se da usted cuenta? Ah, suspiré, así es que la Justicia con mayúsculas se llama gloria. Mire, señor Aparicio, no sé cómo se apareció usted por aquí, pero sepa que si le escribe al presidente para pedir el indulto, yo le escribiré también para decirle que no haga caso, que yo estoy emocionado, convencido y decidido a morir en la fecha que la ley ha dictado. Por más que les escriba usted, se irguió, no podrá contra mi retórica. Si le ha sorprendido mi forma de expresarme cuando hablo, enmudecerá usted cuando sepa cómo escribo. Yo no sé cómo escriba y reconozco que yo no soy ilustrado, pero un párrafo mío bastará para exigir mi derecho a la muerte. Y dos míos para defender su derecho a la vida. En toda la vida, dije, uno no puede decidir nada, todo está dictado por el mundo, la familia, los medios, las leyes y las costumbres, así es que lo único que yo, sin suicidarme, puedo decidir, es el momento de mi muerte. Voy a proteger hasta la muerte mi fecha, mi hora y mi forma de morir. Pues veremos quién triunfa, dijo, el asesino que cree que la muerte lo resuelve todo, o el jurisconsulto que defiende el derecho, la vida y los principios universales. Pues veremos, dije, ya no repantingado sino de pie, frente a frente, desafiante. El abogado se hizo a un lado, se dirigió hacia la reja con la autoridad de quien no camina sobre el mundo sino que lo pisa, y antes de pedir que le abrieran sentenció: La historia es para los que están a su altura.

Nunca creí que en mis últimos días iba yo a tener que vérmelas con un abogado no para salvar la vida, sino para salvar mi muerte. Qué ganas de estropearle la tranquilidad a uno.

8

Mi madre y Renata están aquí y yo frente a ellas. Las dos tienen las manos libres, sin nada a la vista, pero yo sé que traen tres cargamentos: uno de llanto, otro de reproches y uno más de querencias. Lo adivino en cuanto las veo porque tienen facha de que vienen a llorar a gusto, aspecto de que están resentidas conmigo y cara de que me quieren. Las saludo con alegría para que sepan que no estoy de humor para escenas y que si quieren estar allí, deberán estar bien, contentas, platicadoras, ocurrentes. Pero sé que fracasaré porque frente a la voluntad de dos mujeres dispuestas a llorar, reprochar y apapachar no se puede esperar más que lágrimas, regaños y desplantes de amor.

Mira nada más que delgado estás, empieza mi madre. ¿No te dan de comer o estás flaco de pena? Le digo que no es por angustia sino porque la comida es malísima y es mejor probarla apenas. Y agrego que estoy feliz, deliciosamente ilusionado con las once horas del 19 de mayo. Lo dices para martirizarnos, dice Renata, cómoda en su papel de sombra de mi madre. Lo que haga una lo hará la otra, lo sé. Como un uno–dos de un bailable, como se duplican los movimientos y los gestos en la danza. Abandono el tema porque se empantanaría. Ellas insistiendo que es para afligirlas y yo que no, y ellas que sí, hasta que termine diciéndoles que está bien, que me encanta fastidiarlas. Para no llegar a eso les cuento de la visita de cofradías y organizaciones buenas que han venido a pedirme consejo y a manifestarme su solidaridad. Renata se queda un minuto pasmada, como si dudara, pero mi madre reanuda el ataque: Siempre oí que los malos hombres eran buenos hijos, y tú estás al revés: eres un buen hombre y eres un mal hijo. A decir verdad, tardo en entender lo que me está diciendo, y ella aprovecha para lanzarse a la carga: Toda la vida me empeñé en que fueras buen hijo y buen hombre. En qué fallé, Ramón. Y yo, dice Renata, en qué falle yo. Y las dos empiezan a llorar. Ya llegamos a donde no quería yo llegar y eso me causa ansiedad. Si agarran vuelo no habrá manera de pararlas. Todo lo que hice fue esforzarme para que fueras un hombre de bien, dice mi madre, entre sollozos. Y también entre sollozos Renata dice que su único pecado fue quererme. Veo venir más llanto de culpa y más reproche de lágrimas, y vislumbro que las dos se están acusando para llorar a plenitud, pero también en espera de que las exculpe. El único culpable soy yo, digo, ustedes son buenas y han sido generosas y amables conmigo. Y cuando digo esto, lloro un poco. No me sale mucho, pero un poco de humedad en los ojos de un hombre equivale a un diluvio en los ojos de una mujer. Así es que estamos empatados. Llora, Ramón, llora, que por fin asome en ti un poco de humildad, dice Renata, ya entusiasmada con el drama. Lloro, pues, los ojos casi secos. Nos abrazamos y ellas lloran en abundancia, el corazón temblando. Bueno, digo con cuidado, y me separo, ya lloramos, ahora nos viene bien un poco de paz. Ellas, apropiados pañuelos en los ojos y en la nariz, se sientan. Me preocupa que no estés comiendo bien, dice mi madre, y entonces me dan ganas de abrazarla otra vez. Caray, qué tino tiene, viene a verme a cinco días de mi ejecución y le preocupa que no coma bien. Tiene talento para conmover al más inconmovible. Sí como bien, madre, nada más no mucho, porque dicen que si uno está pasado de peso, incurre en desfiguros a la hora de la horca. Come bien, dice mi madre, que parece no haber oído, no te malpases, luego vienen problemas de salud, achaques. Ya no tendré tiempo de achaques, estoy por decir, pero me parece una imprudencia. Lo haré, madre, se lo prometo. Oye bien lo que te está diciendo tu madre, dice Renata, reconvención oportuna que no agrega nada, pero que a ella parece hacerla sentir muy bien. Sí, Renata, le digo. Las percibo un poco incómodas con mi obediencia. Es evidente que se desenvuelven mejor ante un necio que ante un sensato. Nos quedamos callados, yo inquieto y ellas ligeramente contrariadas.

Los periódicos dicen que estás pidiendo el perdón del presidente, dice mi madre, la voz planita, como si no hubiera llorado. Y que el abogado que contrataste es muy bueno, dice Renata, de esos caros. Oh, no, no lo contraté, pero es un alma buena. No va a lograr nada, pero es gratis, les digo, por si les preocupa la cuenta. Eso dicen que dijo, que no lo hace por dinero, sino por justicia. ¿Cómo dicen que dice, Renata? Justicia con mayúsculas, señora, que porque ésa es su lucha. Bendito sea Dios. Es un buen tipo, madre, uno de esos sabios que defienden el derecho a la vida. ¿Y cómo ves, hijo, crees que el presidente te perdone? No sé, pero si lo hace, para mí sería una enorme decepción. Eso me pasa a mí también, dice mi madre, no sé si esperanzarme otra vez, para que luego vuelvan a salir con que siempre sí van a matarte. Ya no lo soportaría, hijo. No lo soportaríamos, dice

Renata, y amenaza con volver al llanto. La mejor manera de no sufrir desilusiones es no ilusionarse, digo, y me alegra haberlo dicho tan bien. Es que no sé, dice mi madre, y se queda viendo el piso con una expresión tan doliente que me dan ganas de abrazarla otra vez. Ay, parece que me heredó lo sentimental. Cómo se puede llorar a un hijo tantas veces, suspira. A un hijo se le llora siempre, dice Renata. Todos estamos ahora muy bien en eso de decir lo que procede. Me gusta. Tienes razón, Renata, pero usted, madre, no debe llorar más. Si está enojada conmigo por haber tomado el mal camino, perdóneme; si está enojada con la justicia, sus jueces y ministros, perdónelos; y si su ira es contra el verdugo, perdónelo desde ahora. El perdón es paz, digo, y me gustaría que ahora la cámara tomara mi rostro de cerca y luego se desvaneciera. Así pasa en las películas, pero en la vida no, en la vida hay que terminar las visitas cabalmente, llorar otro poco antes de la despedida y verlas salir con su pena a cuestas. Te quiero, hijo, dice mi madre. Y yo, dice Renata. Y luego las dos se van lentamente, mi madre acomodándose el chal y Renata tomándola del brazo.

7

El Único anduvo muy hacendoso para deslumbrar a la chica del No. Nada más con ese propósito ordenó muchas ejecuciones por aquellos días. Que había surgido por allí un matoncillo sin gracia que andaba diciendo que él era El Único, pues a levantarlo, hacerlo pedacitos y mandárselo a su madre; que el tal hijo de cual había tardado con las pizzas, a matarlo; que los sicarios de la competencia habían tomado la costumbre de ir a tal bar sin miedo, pues a matarlos juntitos en una sola operación, y allí mismo, gritaba el jefe, en ese bar de mierda para que no me anden pisando los terrenos; que el peluquero que iba siempre a la guarida a cortarle el pelo había hecho lo mismo con el Borlas, pues a quitarle la cabeza a los dos; que en el norte el jefe de la plaza andaba extorsionando sin rendir cuentas, a desollarlo en vida y a colgarlo descarapelado en algún puente; que el gran capo rival había enviado una avanzada para disputar también la ruta de la cocaína, pues a recibirlos con lanzallamas y granadas. Tenía algo de festivo aquel ambiente de órdenes, matanzas y disputas, pero inspiró mantas amenazantes, alborotó venganzas y dejó docenas de degollados, quemados y disueltos en ácido. Cómo vamos, preguntaba el jefe. Cincuenta y ocho a treinta y cuatro, contestaba el Tractor. ¿A favor de quién? De nosotros. Pues no me basta, decía el jefe, hay que dejar claro que aquí mando yo. Y en cada desplante volteaba a ver a la chica por si se le escapaba algún suspiro, pero ella seguía con la mirada en el piso, cada vez más pálida y muda. Había visto a reinas de belleza, actrices y conductoras de noticias caer desmayadas de amor con menos que eso, así es que el jefe no entendía, nada más no entendía, qué le pasaba a aquella muchacha.

Hasta que un día se cansó. O, como él decía, se le quemaron los huevos. Ese día no mandó matar a nadie porque el jefe ordenaba ejecuciones cuando andaba contento y se volvía compasivo cuando andaba enojado. Así era y no había forma de encarrilarlo. Por la tarde, luego de estarme oyendo contarle cómo lo que valía diez ahora valía trece y cómo lo que estaba sucio ahora estaba limpio, me dijo que le importaban pura madre mis cuentas y mis cuentos, que lo único que quería era a Kiliana, la muchacha pelirroja, pálida y tierna que lo había encendido y que se estaba portando como si él fuera cualquier matarife. Pero ya le llegó su hora, Pagano, se acabó la pinche paciencia. La paciencia nunca se acaba, le dije yo, como si no me importara el tema. Cuando la paciencia se acaba nomás hay de dos, dijo, o balazos o abrazos. Y las dos cosas, Pagano, sólo se hacen a la fuerza. Usted tiene paciencia, dije, cómo, si no, ha levantado su imperio. Imperio le sonaba bien, lo hacía sonreír y volar. Pero esa vez no. Tenía a la Kiliana atravesada y ya le estaba causando dolor. Mira, Pagano, me anda rondando la muerte y esa no me espanta, pero esa muchacha ya empieza a darme miedo. A la muerte no le puedo poner remedio, pero a la muchacha sí, así es que se acabó la paciencia. ¡Jonás!, gritó, y en cuanto Jonás apareció con su cara de susto, El Único le ordenó que le llevara a Kiliana a su recámara. Me voy, Pagano, a esperar a la potrilla. ¿Qué va a hacer?, jefe, le pregunté, no porque fuera estúpido, sino porque quería oírlo para estar seguro de lo que me tocaba hacer a mí. El jefe se me quedó mirando, entre incrédulo y burlón, y sólo murmuró: Si serás pendejo, Pagano, y se fue con su paso de capo invicto. Entonces yo fui a mi cuarto y saqué la pistola que el jefe me había regalado en un cumpleaños y que, vaticinó, nunca iba yo a disparar porque estaba clarísimo que las cosas de hombres nomás no se me daban. Fui, pues, por la pistola y la escondí entre el pantalón y la chamarra. Luego alcancé a Jonás y le dije que el jefe mandaba decir que le diera cinco minutos. Y así, sin más idea en la cabeza que impedir que la tocara, fui a la recámara de El Único. En la puerta estaban el Tractor y el Chino, los dos descomunales y de piedra. Voy a pasar, les dije. El Tractor tocó la puerta y avisó: Aquí está Pagano. Que se vaya a la chingada, gritó el jefe. Ya oíste, dijo el Chino. Es urgente, dije. Ya no estés jodiendo, dijo el Tractor. Es muy urgente, volví a decir, agrandado la premura. Que es urgente, dijo tímidamente el Tractor. El jefe abrió la puerta. Qué chingaos quieres, Pagano. Hablar, dije, es urgente. Un minuto, dijo, y me franqueó el paso. Traerme urgencias orita, dijo, o eres muy cabrón o eres muy pendejo. Las dos cosas, le dije. Di y te vas. Y yo, como si fuera su confesor y tuviera salvoconducto ante sus iras, le dije llanamente que no podía tomar a la muchacha así como así. Ah, cabrón, se sorprendió, y eso por qué. Porque estoy enamorado. De ella o de mí. De ella, dije, y en ese instante Jonás abrió la puerta, dejó a Kiliana en la habitación y se fue. El jefe caminó hacia ella y le tendió una mano, con la palma hacia arriba, como chambelán. Ella dejó la mano extendida y se quedó quieta. Mira, Pagano, otro día me cuentas tus pendejadas, orita te me

vas a la chingada, porque la señorita y yo tenemos una cita.
Yo me había jurado que el jefe nunca iba a tocar a Kiliana y
que si la tocaba yo, iba a impedir que la siguiera tocando.
Ése fue el problema, porque justo cuando yo, acobardado,
iba a salir, El Único se acercó a ella y le puso una mano
en el hombro. Entonces ya no hubo necesidad de pensar,
porque ya lo había pensado muchas veces: si eso pasaba, yo
iba a disparar. Lo había repasado cientos de días y noches en
mi cama, en la regadera, en el salón de las computadoras y
hasta en el retrete. Si la toca, lo mato, pensaba, y me dolía
pensarlo porque había terminado por apreciar al jefe, tan
fuerte y tan débil, tan matón y tan generoso, tan bruto y
tan bueno para hacer dinero. Pero el caso es que yo me había
enamorado de la chiquilla, no para quererla y conquistarla,
sino para protegerla. Me dolía el hígado de pensar que el
jefe la forzara. Así pues, no tuve que pensarlo aquella vez,
en la recámara de El Único. Sencillamente saqué la pistola
y lo apunté. No vuelva a tocarla, dije. Ya se acabó la duda,
dijo el jefe, no eres cabrón, eres pendejo, y se me acercó con
la mano extendida para quitarme la pistola. Cien a uno que
no disparas, dijo, trae acá. Entonces yo, la mano derecha
temblando, le tendí la pistola, pero mi dedo, que ya estaba
en el gatillo, actuó por su cuenta. Le disparé dos veces, de
frente, él allí, inmenso, la mano tendida, el rostro cansado,
un blanco imposible de fallar a un metro de distancia. Vi
cómo el primer balazo estampaba un agujero en el pecho
y cómo el otro le reventaba la cabeza, porque cuando sintió
la primera herida, lúcido como si no se hubiera dado cuenta
de nada, se agachó para ver qué estaba pasando en su camisa, y entonces fue cuando disparé por segunda vez. Solté la
pistola, arrepentido, queriendo deshacerme de lo que había
hecho. Oí que la puerta se abría y vi al Tractor y al Chino

entrar con las pistolas en las manos. El jefe se mató, dije, y los dos me hicieron a un lado para ver. Entonces salí precipitadamente por la puerta, y gritando que el jefe se había matado bajé las escaleras y corrí por los pasillos, mientras otros matones de tiempo completo se iban hacia la recámara y ninguno detrás de mí. Corrí para salir de la guarida y seguí corriendo veinte minutos hasta la casa de mi madre, y cuando entré la abracé y le dije Lo maté. Mi madre, que cuando quiere entiende todo sin que nadie le explique, me abrazó y me dijo que me quería. Estuve en sus brazos unos segundos y luego me aparté, todavía temblando. Mi madre me dijo Qué has hecho, Ramón, ahora ya estás muerto tú también.

6

Acomodado en la habitación 64 del Palacio de Versalles pienso en el También de mi madre. Ya estás muerto tú también. Y pienso en lo rápido que actúa la justicia en ciertos casos, como en el mío.

Cinco días después, tres docenas de federales rodearon la casa y sin ningún disparo, como le gusta decir al gobierno, me detuvieron delante de mi madre, de Renata y de dos primos adolescentes que por allí andaban. No podía haber disparos porque yo no tenía un arma, porque de todos modos no la hubiera disparado, y porque llegaron sigilosamente a las tres de la mañana. Y yo, a esas horas, soy roca inamovible. Según me contó mi madre, los federales abrieron la puerta a patadas y gritaron que eran las fuerzas especiales. Ella bajó las escaleras, con su chal de medianoche y con toda la dignidad que puede portar la madre de un sospechoso, y les dijo que no me fueran a lastimar. Entonces subieron por mí y yo no los sentí hasta que uno de ellos me puso su R-8 en la cabeza. Todo era oscuro, mi cuarto y sus uniformes, sus cascos y sus chalecos antibalas. Creí que estaba despertando en el infierno. Ramón Pagano, dijo uno, y yo, semidormido, dije Presente.

Me esposaron y me subieron la camiseta hasta la cara. Así me sacaron, con manos de hierro sobre la nuca para humillarme la cabeza, temblando de frío y queriendo entender qué estaba pasando.

Me interrogaron tres días seguidos, con luces sobre los ojos, sentado en una silla que siempre pareció a punto de romperse, con tela húmeda en el rostro y a veces con toques eléctricos en los testículos. Yo dije a todo que No y por más que sentía que me asfixiaba o me paralizaba de dolor no conté que yo manejaba el dinero y cómo lo hacía, y menos les conté cómo y por qué le había disparado al jefe. ¿No vas a decir nada, cabrón? No, movía la cabeza, no. Al tercer día vino a verme un hombre vestido como para ir a tomarse fotos. Ordenó que me dieran de comer y que me desataran, se aseguró de que el café que me sirvieron estuviera caliente y me dijo que en medio de todo aquel gentío él era mi único amigo. Más vale que me cuentes, dijo, porque no hay manera de que salgas. Estás negociado, dijo. ¿Negociado? La autoridad acordó con la banda que no te mataran, que nosotros íbamos a ir por ti y que la ley se haría cargo. ¿Negociado? Si matas a tu jefe y la banda te mata, es una ejecución, de ésas que le gustan a la prensa y desprestigian al gobierno, pero si te detiene el gobierno, se trata de justicia, de un acto de autoridad, de seguridad pública y Estado de derecho, ¿ya entiendes? A cambio de rutas protegidas y trasiegos seguros durante tres meses, nos dijeron que tú eras el asesino. Y aquí estás. Si cooperas, todo va bien, si no, hay muchos interesados en estrenar contigo la pena de muerte. Era la primera vez que oía aquello. Pena de muerte. Y ya llevo ocho años oyendo, comiendo, soñando pena de muerte. Qué rápido maté y qué lentamente me están matando. Por qué me cuenta todo eso, pregunté. Porque nunca vas a salir de aquí, porque tienes que saberlo para que cooperes y porque si dices que te lo dije, no es cierto. Y punto.

Cuando el hombre se fue, volvieron los torturadores, los nudillos de metal, los insultos y la tela mojada sobre el rostro. Y la electricidad sacudiéndome desde el vientre hasta el cabello. Un día entero agonizando. Entonces volvió el hombre elegante. Que qué me pasaba. Me estaba dejando lastimar sin sentido. Eso no era inteligente. Y decían que yo era inteligente. Él ya empezaba a dudarlo. Estás hundido porque hay gente ofendida, gente importante, a la que le quitaste el negocio con tu ocurrencia. Mira que matar a El Único. ¿Quieres que regresen ellos? No, dije, ya no podía. Estaba agotado de gritar, exhausto de dolor. Te voy a mandar a un emepé para que le cuentes todo. Pero luego se corrigió. Todo no. El ir y venir del dinero no tiene caso, ni números ni fechas ni nombres ni bancos ni claves. Te va a ir mejor si te juzgan nada más por homicidio. Por cierto, ahora eres el más pobre entre los pobres, porque te hemos confiscado hasta la más escondida de tus cuentas. No te conviene decir nada de la operación financiera. Declárate sicario simple. Matabas por órdenes, pero un día se te volteó el ánimo y mataste a tu jefe. Y ya le cuentas lo que se te ocurra, pero eso sí, dices que tú le disparaste dos veces, pum, pum, en la cabeza y en el pecho. ¿En la cabeza y en el pecho? Así estaba el hombre, agujerado abajo y destrozado arriba. Entonces usted no cree que yo lo maté. En eso no me meto. Tú fuiste al que nos pusieron, nos contaron de tus artes con el dinero, que es lo que le preocupa a la gente importante, y nos dijeron que tú mataste a El Único. Y yo no voy a poner en duda lo que nos dijeron. Estoy aquí para asegurarme de que confieses. Lo demás a la basura, Pagano. La verdad legal. Y punto.

A la media hora llegó el ministerio público, muy serio y un poco nervioso. Traía de acompañante a un tipo con una cámara de video y a una secretaria con cara de estar acostumbrada a oír narraciones insólitas. El emepé se sentó frente a mí y ordenó solemnemente: Que diga el acusado lo que sucedió en la casa ubicada en Rosas 45 de las dieciocho a las veinticuatro horas del día 28 de abril del presente. Y yo empecé a inventar porque no podía contar que el jefe había estado en el cuarto de las computadoras, porque no podía decir que yo manejaba el dinero, porque no quería decir nada de Kiliana ni de mi obsesión de que el jefe no la tocara. Así es que inventé que estaba cansado del maltrato de El Único, que esa noche me había humillado delante de todo el mundo, que furioso por aquello había ido a mi habitación por la pistola, que había estado temblando de miedo una hora y media y que luego, a eso de las ocho de la noche, había ido a la recámara del jefe, que le dije a los escoltas que era urgente, que el jefe ordenó que me dejaran pasar y que yo, siempre temblando, había sacado la pistola. Y entonces inventé la mejor parte: que como era la primera vez que el jefe veía una pistola apuntándole a él se había arrodillado, lleno de miedo, y que me había suplicado que lo dejara vivir aunque fuera unos días más, que tenía muchos pendientes comerciales y muchas venganzas incompletas, que nada más le permitiera acabar con aquello y me dejaba matarlo, que de todos modos desde hacía un par de años ya quería que una bala le hiciera el favor de redimirlo, y que yo le dije que me bastaba con que me pidiera perdón por todas las humillaciones, y que entonces el jefe había juntado sus manitas, como cuando rezaba, y me había dicho Perdóname, Pagano, ya no lo vuelvo a hacer, y que yo, magnánimo, le había dicho Estamos a mano, y había bajado la pistola. Y que entonces el jefe se había levantado, y que lo había hecho trabajosamente porque le pesaba el estómago y le fallaban las piernas. Ya en pie, sacó de no sé dónde una pistola 45 y me apuntó de frente. Si serás pendejo, Pagano, me había dicho. Y que estaba por dispararme cuando yo, como en las películas, le disparé al pecho y luego a la cabeza. Pum, pum, como había dicho el hombre elegante. Y terminé el relato con un remate tan cierto como infantil: después de mi fechoría, salí corriendo rumbo a la casa de mi mamá.

El Ministerio Público, muy satisfecho y sin hacer preguntas, ordenó al hombre de la cámara que dejara de grabar y se fue, limpiándose la frente con un pañuelo. Yo me quedé esperando que el hombre elegante regresara para decirle que ya había declarado y para preguntarle que cuándo saldría. Pero el hombre nunca volvió. Luego vino el defensor de oficio, hizo lo que pudo, que no fue nada, y me sentenciaron a la pena de muerte una y otra vez, hasta que se acabaron las instancias y pusieron fecha para mi ejecución.

Desde entonces cuento los días y cuento lo que me pasa en la cuenta de los días, y de pronto me encuentro con que sí, ya viví mi último domingo, mi último lunes, estoy viviendo mi último martes y estoy a la espera de vivir mi último miércoles, mi último jueves, mi último viernes para amanecer en mi última mañana de sábado y salir a dar el espectáculo para el que he sido contratado. Que rápido se va la vida y que lentamente llega el momento de la muerte.

5

A eso de las tres de la tarde asomó por la reja el rostro pálido y alargado del señor sastre. Asomaron también sus zapatos de cuarenta centímetros, y arriba, muy arriba, como si pertenecieran a otra distancia, se perfilaron sus orejas de alcatraz. Traía la maleta raída y mágica que hace que la ropa parezca planchada para siempre. Buenas tardes, señor Pagano, dijo cuando entró, y empezó a sacar, lenta y orgullosamente, las prendas de mi ahorcamiento. A la camisa de manga larga le había agregado un toque que a él debió de parecerle primoroso y que a mí, sin embargo, me pareció un tanto exagerado. Extendió la camisa, ahora sin cuello, con una abertura en el pecho y adornada con una chorrera y una guirindola, un encaje color oro que remataba también las mangas. Cortesía de autor, explicó, satisfecho de sí mismo. No quise poner reparos a su generosidad, pero tampoco resignarme. Me veré un poco aristocrático, dije, a manera de pequeña queja. El pantalón tenía unos hilillos dorados casi invisibles a los lados. Como que se había tomado algunas libertades para saciar su sed de sastre. Me puse como niño obediente aquel conjunto negro y mortuorio y, a falta de espejo de cuerpo entero, hice cuanto pude con mi espejo redondo para ver cómo me sentaba aquella ropa que me hacía sentir que era otro y no yo el que se atrevía a vestir tales galanuras. ¿Y el cuello de la camisa?, pregunté. Porque la verdad era que me gustaba el cuello de puntas largas que me había probado la primera vez. Así es más apropiado a las circunstancias, dijo, con la autoridad de quien no está dispuesto a discutir sus decisiones. Con cuello, dije, me presentaba usted como un héroe derrotado. Sin cuello, como un reo ordinario. Técnicamente, empezó a decir, pero luego se quedó callado, con dos dedos en los labios. Está bien, dijo de pronto, en unos minutos repararé mi atrevimiento. Y sacó de su maleta el cuello amputado. Mientras lo corrijo, lea estos papeles que me ha dado el señor juez para que usted los firme. Extendí la mano y leí: era el contrato de cesión de derechos por la explotación de la transmisión de mi ejecución. Las cláusulas eran tan detalladas y aburridas que suspendí la lectura en la tercera página y dije que no firmaría. Debió haber venido el señor juez para discutir los términos, agregué. El sastre no me contestó, atareado en devolver la dignidad a mi camisa. Seguí hojeando y me llamó la atención una de las últimas cláusulas: cincuenta por ciento de los ingresos se destinarían a mi madre y a Renata en partes iguales. De todos modos, pensé, estos papeles debió traerlos personalmente el juez, y lo dije en voz alta. El sastre, sin abandonar su tarea, dijo que él sólo sabía de telas, que los asuntos que tenían que ir a dar a un papel siempre terminaban mal. Yo de contratos no sé, dijo, esas cosas las dispone el señor juez. No estoy autorizado para discutir ese documento, agregó. O me llevo los papeles firmados o me llevo estas exquisitas prendas que con tanta generosidad el juez le regala y que yo con tanto esmero he confeccionado. La amenaza de quedarme sin aquella ropa no me importó, pero el porcentaje que se les asignaba a mi madre y a Renata hizo que le pidiera al sastre una pluma. Me la extendió ágilmente, mientras sostenía la aguja entre los labios. Repasé de nueva cuenta el contrato, siempre por encima, como quien camina sobre el agua, y firmé cada una de las hojas en el margen hasta que rematé con la última, sobre mi nombre. No quise pensar en nada mientras lo hacía, pero pensé: estoy condenándome de nuevo. Para la posteridad mi ejecución no sería una estampa hermosa que insinúa la tragedia sin exhibirla, obra de algún célebre pintor o de un fotógrafo famoso, sino un vulgar video, una insípida secuencia, quizás en medio de comerciales de televisión y con la posibilidad de ser vista cuantas veces quisiera el gusto popular por internet. Había desviado la ruta de mi afán de pasar a la historia. El testimonio de mi muerte en un cuadro o una fotografía era glorioso, mítico y misterioso. En contraste, estaba dando autorización para la venalidad de una película que puede verse muchas veces hasta que los ojos se cansen, hasta que se diluya la tragedia y en su lugar surja el entretenimiento. Confundido, extendí el documento y lo puse sobre la maleta abierta del sastre. Diga usted al juez que espero el cabal cumplimiento de su palabra y que entregue puntualmente a mi madre y a Renata los beneficios de este forzado acuerdo. El sastre terminó su tarea y me entregó la prenda restaurada. Técnicamente yo tenía razón, dijo, un blusón sin cuello es óptimo para un ahorcado, pero emocionalmente usted está en lo cierto, un cuello devuelve la dignidad a la camisa. Muchas gracias, dije, si tuviera algo, se lo daría, pero en esta habitación no hay nada que pueda regalarle. ¿Qué se siente?, preguntó. ¿Estar en la antesala de la muerte? Sí, saber que le quedan unas horas. Es como estar sentado frente al mar. Yo no conozco el mar, dijo. Yo tampoco, contesté, pero a veces me siento aquí, en mi cama de concreto, y allá, del otro lado de la pared, veo el mar.

Y quiero quedarme viéndolo durante horas, hasta que llegue la noche y todo desaparezca. Yo he vivido más del doble de lo que vivirá usted, dijo, no es justo. Se había sentado a un lado mío y parecía estar viendo el mar. Permanecimos así un largo rato. ¿Cómo será la muerte?, preguntó de pronto. Como el fin del mundo, dije. El que se acaba es uno, ya sé, pero si yo desaparezco para mí desaparece el mundo. Hay muchos mundos, entonces. Siete mil millones de mundos, dije, y todos van a ir desapareciendo, pero habrá otros y otros hasta que todo reviente. Es triste, dijo, nacer para morir. No, no, la eternidad sería mortal. Ah, dijo, en este bultito de aquí, cerca de la axila, lleva usted mis tarjetas, por si quiere repartirlas allá, cuando llegue. Si es que allá hay alguien, maticé. Sí, desde luego, si no hay nadie, puede usted tirarlas. Antes me aseguraré de que en efecto no haya nadie, le prometí. Gracias, tengo que irme, mi madre está muy enferma y sólo me tiene a mí, y yo a ella. Salúdemela, le dije, dígale que le envío mis mejores pensamientos. Se lo diré, pero, señor Pagano, ¿entonces para qué es la vida? No sé, dije, lo que sé es que los seres humanos somos como los automóviles: empezamos a depreciarnos en cuanto salimos de la agencia.

4

El señor director vino a saludarme esta mañana. Es la penúltima vez que te veo, Pagano, porque ya sólo volveré a verte cuando venga por ti para llevarte a la horca. Es usted muy amable, dije. Y también vine a contarte algo. Pues siéntese usted, señor director, cuénteme, a estas alturas estoy ampliamente preparado para dar terapias. Tú que me terapeas y yo que te pospongo la ejecución. Ésa sí era una amenaza seria, así es que puse cara de no haber dicho nada. Habrás notado, dijo, que últimamente hemos sido considerados contigo. Muy amables, sí, hasta Cornelio. Y habrás notado que aquí, a tres celdas, está alguien muy importante. Sí, lo sé, cuando voy al área de visitas paso y veo, habitación grande, con cortinas, alfombra, cama de verdad y televisión, todo muy limpio y colorido. ¿Y no te importa? No, cada quien su suerte. Pues resulta que allí está el Don. ¿Don Gabriel? El mismo, el verdadero mandamás. Caray, tanto tiempo de enemigos, bueno, en diferentes bandos, y mire dónde vinimos a coincidir. Pues don Gabriel nos encargó que te cuidáramos, que te consintiéramos un poco, ¿cómo ves? No entiendo por qué. Yo era de los que le escamoteábamos las rutas, las plazas, el mercado. Mi jefe y él eran competidores implacables. El caso es que él te está muy agradecido, y yo no me aguanto la curiosidad, por eso he venido a preguntarte qué te agradece tanto. Ni idea. Los custodios dicen que cómo no te va a estar agradecido si eliminaste a su rival, pero yo intelijo que debe ser otra la razón. Pues yo no intelijo, como usted dice. Apenas contesté, me angustié porque vi que justo detrás del director estaba el cocodrilo. Se me había dicho claramente que el reglamento prohíbe introducir cocodrilos en la celda. Me sobresalté porque a estas alturas cualquier cosa que pueda dar motivo a la suspensión de mi ejecución me causa angustia. El director, sin embargo, en lugar de advertir la presencia del reptil, seguía indagando, casi obsesionado. Había una chica pelirroja allá, en la casa donde vivía tu jefe, ¿no? Me paralicé. Desde que había pasado aquello había oído muy poco de ella y después nada, así es que me dio miedo que el director viniera por información. Ándale, Pagano, cuéntame. No me acuerdo, dije. Claro que te acuerdas. Conozco todas las indagatorias de tu caso, y allí aparece una chica pelirroja que estaba en la habitación cuando mataste a tu jefe. ¿Qué era de ella, qué hacía allí? No me acuerdo. Ah, Pagano, naciste necio y te vas a morir necio. Ya de todos modos te van a ejecutar, échame la mano con esta curiosidad mía. Y qué hago si no me acuerdo, eso pasó hace más de ocho años. Todo mundo sabe que nada se te olvida, que te acuerdas de todo, que puedes leer el directorio telefónico y repetirlo palabra por palabra y número por número. Eso lo había hecho tres veces, delante del jefe, para que viera que nada se me olvidaba y él nada más decía Estás cabrón, Pagano, para qué te aprendes tanta chingadera. Pero le gustaba, sentía que eso le podía servir. Y tenía razón, porque gracias a esa gracia que yo no pedí hacía sin ver todas las operaciones de blanqueo y recordaba deudores, gestores, lugares, directorios de bancos, correos secretos y contraseñas, nombres y domicilios de todos los que aparecían como due-ños de las empresas huecas que servían de lavadora. Así es que no te hagas, Pagano, sí te acuerdas. Y si me acordara qué, eso qué, ya qué. Es curiosidad, te digo. Don Gabriel siempre está pendiente de si estás bien, si te dimos el espejo que pediste, si te ofrecimos de comer decentemente, si dejamos pasar a todas tus visitas. Y eso calienta las ganas de saber, ¿pues qué hiciste, Pagano? Ya lo sabe, matar a mi jefe, y eso no es para presumir. Yo te voy a decir qué hiciste, Pagano, para que no te sigas haciendo pendejo: te echaste la culpa de un crimen que no cometiste y salvaste a la pelirroja de la cárcel y hasta de la horca. Claro que no, dije, estoy aquí porque la única vez que disparé bien lo hice en contra de quien no debía y en las peores condiciones para evadir la culpa. Pues a mí lo que me cuentan es que la pelirroja disparó, que le quitaste la pistola y la arrojaste al suelo, y saliste despavorido gritando que habían matado al jefe. Después, cuando fueron por ti a la casa de tu madre, dijiste que sí, que tú habías sido. Y la pelirroja pasó por inocente. Eso podría ser, cierro los ojos, podría ser: cuan-do el jefe me dijo Trae acá, me puse a temblar, y él me arre-bató la pistola y se la dio a la pelirroja. Mira, dijo El Único, riéndose, ella es más valiente que tú, ella sí dispararía. Y ella, en efecto, disparó, primero en el pecho, y cuando el jefe agachó la vista para ver qué había pasado en su camisa, ella disparó otra vez y le reventó la cabeza. Tal vez. Pero no. Yo me acuer-do que disparé, dije, y vi que el cocodrilo seguía allí, las fauces abiertas y la mirada atenta. Te quedaste pensando, Pagano, ves cómo nada más te estabas haciendo pendejo. Y yo aquí per-diendo el tiempo. No lo hago por ti, Pagano, sino porque don Gabriel me dijo que me encargara de enviarle un mundo de dinero a tu madre y que te lo dijera, para que te mueras con esa tranquilidad. Me está tanteando, dije. Con las cosas de don Gabriel no se juega, Pagano. Qué crees que me pasaría si te estuviera tanteando con su nombre, y qué crees que me pasaría si no le entrego el dinero a tu madre. No, Pagano, aquí somos derechos. Y tómalo como quieras, pero muérete tranquilo, Pagano. Es lo que quiere don Gabriel. Y aquí, como en la mitad del país, su palabra es ley, así es que muérete en paz porque si no quién sabe cómo te vaya. De que me muero tranquilo, me muero tranquilo, pensé: mi madre y Renata en la abundancia: el mundo de dinero que le estaba enviando don Gabriel, el cincuenta por ciento de los derechos de la transmisión de mi ejecución y una pensión por parte del Estado a cambio de avisarle al secretario de Comunicaciones y Transportes si existe Dios. Caray, todo un patrimonio. ¿Sabe qué me decía mi madre, señor director? Pues no, no sé. Que me hiciera hombre de bien aunque siguiéramos de pobres. Y mire, no me hice hombre de bien, pero salimos de pobres. Tenía razón tu jefe: estás cabrón, Pagano. Y lo mismo dice don Gabriel: ese muchacho está cabrón. Y cabrón te vas a morir, Pagano, sin remedio. ¿Entonces, pregunté, maté yo al jefe o lo mató la pelirroja? No tienes remedio, Pagano, te vas a hacer pendejo hasta que la cuerda apriete. No, no, no, señor director, necesito saber la verdad. ¿Fui yo o fue ella? Ah, se molestó, así es que quieres que yo te diga qué fue lo que pasó. Es que no me acuerdo, dije, y suspiré aliviado porque el cocodrilo había desaparecido. Algo me susurró que una vez excluido el cocodrilo, mi camino a la horca era inevitable. Pues pasó lo que te digo, dijo el director. Ése es un invento de mis enemigos, que quieren que siga viviendo. No, eso es imposible, Pagano, estás hundido por una hilera de ratificaciones de tu sentencia. Entonces qué caso tiene que usted ande diciendo eso. No lo ando diciendo, lo que pasa es que don Gabriel me pidió confirmarlo antes de enviarle el dinero a tu madre. Dígale que sí, hombre, pero que no me estropeen la ejecución, nada más eso quiero. Eres duro, Pagano, podrías haberte escapado de todo esto con tus recursos de malandrín y tu cara de inocencia, pero escogiste la horca, o eres muy cabrón o eres muy pendejo. Siempre despierto la misma duda, pensé, ¿será que voy de un lado a otro para que nadie sepa a qué atenerse conmigo?

3

Esta mañana sucedió algo inesperado. A eso de las diez, Cornelio me dijo que a las once me iba a recibir don Gabriel. Que me acicalara un poco, que no podía ir a verlo con esa cara de moribundo. Y cómo quieres que no tenga cara de moribundo si faltan setenta y tres horas para pasar de reo a ahorcado. Imagino que todo mundo piensa que el sábado transitaré de la vida a la muerte de un momento a otro, vivo a las diez cincuenta y nueve, y muerto a las once cinco. Pero el pasaje es más largo: yo necesito estarme muriendo poco a poco para que no sea tan brusco el salto a lo desconocido. En fin, como supuse que no podía decir que no, me eché agua en la cara, me peiné y me puse los zapatos que me regaló mi madre, y en punto de las once, sin que nadie me preguntara si quería ir, vinieron por mí para llevarme a la habitación de don Gabriel. Habitación, digo, porque ésta que tiene don Gabriel no es una celda. Para empezar, a diferencia de toda la cárcel, hay colores, y, a diferencia de toda la prisión, hay cortinas. Y una televisión como para morirse viéndola, de ésas que le gustaban a El Único. Y luego están las lámparas, la alfombra, la cafetera, el refrigerador, la cama acolchonada y bien vestida, como de mueblería en exhibición. Y luego está el huésped, don Gabriel, con una playera Polo, unos pantalones nuevos y unos zapatos de gamuza.

Don Gabriel estaba sentado en un sillón de piel, mirando el techo y meditando, pasándose el dedo índice por el cuello, y en cuanto me vio entrar tuvo la gentileza de levantarse a saludarme. Abrió los brazos como para abrazarme y yo, acto reflejo, los abrí también. Y sí, me abrazó apenas, como si yo llevara un letrero de Manéjese con cuidado. Ramón, gracias por aceptar mi invitación. Y aunque no era que yo hubiera aceptado, dije Con mucho gusto, don Gabriel. Puedo hacer tres cosas por ti, me dijo, pasando amistosamente su brazo derecho sobre mis hombros. La primera, invitarte a un paseo; la segunda, meterme en el asunto del indulto, y la tercera, dejar que te ejecuten y mandarle a tu mamá un mundo de dinero para que todos estemos tranquilos. Escoge. ¿Cómo está lo del paseo?, quise saber. De eso no te puedo decir nada, es un paseo y ya, si quieres. ¿Fuera de aquí? Claro, aquí no hay paseo que valga un paso. Escoge. Lo del indulto no me llama la atención, le dije, he pasado tanto tiempo esperando la horca que ya hasta me ilusioné. ¿Entonces eliges la tercera? Piénsalo bien, la primera no está nada mal. Cuándo sería. Mañana. Ah, me gustaría, pero pienso en mi madre y en mi hermana. ¿La tercera entonces? No me lo tome a mal, pero sí, la tercera, yo colgado y mi madre sin apuros. Está bien, como quieras, me dio gusto conocerte, y volvió a su sillón como para retomar sus cavilaciones. Yo debería haber salido en ese instante porque era evidente que para don Gabriel aquello había terminado, pero, como el director, tenía curiosidad. Don Gabriel, dije, dicen que usted está muy agradecido conmigo, pero si eso es cierto, yo no sé por qué. Y quieres saber. Sí, por qué. Hace un montón de tiempo que nadie me hace una pregunta, dijo, cuando llegas a la cima la gente deja de preguntar y se dedica a obedecer. Pues yo ya pregunté. Eres cabrón, me hubiera gustado conocerte antes. ¿Entonces? Te voy a contestar por dos razones: una, porque eres ataranta- do y ni siquiera sabes bien a bien delante de quién estás, y, otra, porque pasado mañana estarás muerto. Tiene sus ventajas, dije. Estoy agradecido porque hiciste un buen trabajo. ¿Hace ocho años?, pregunté. Me despejaste el camino. ¿Usted cree que yo maté a El Único? Ni a cañonazos le hubieras atinado, Pagano, lo tuyo es otra cosa, estoy enterado. Unos días antes de la muerte de tu jefe, di instrucciones para que te reclutaran en mis filas, porque todo se sabe, y lo que yo supe de ti me gustó. Eres mago para lavar dinero y traes en la cabeza lo que le cabe a cien computadoras. Te hubiera pagado bien, pero eso ya pasó, ahora yo estoy de vacaciones y tú esperando la horca. ¿Entonces cuál fue el buen trabajo que hice? Salvaste a la Peli. ¿Quién es la Peli? La Pelirroja, Pagano. Algo alumbró mi corazón: la pelirroja, su piel blan- quísima y pecosa, sus ojos transparentes, sus pantorrillas de azúcar, un enamoramiento para vivirse a solas. Don Gabriel, yo no salvé a la Peli, la última vez que la vi fue cuando salí corriendo de la casa aquella. La salvaste en tres momentos, Pagano, y tú lo sabes: la primera cuando le dijiste al cabrón aquel que no la tocara, la segunda cuando saliste huyendo y la tercera cuando confesaste el crimen. Don Gabriel se comportaba como si lo supiera todo. Tenía unos ojos negros y vivos, que parecían alcanzarle para verlo todo. Movía las manos como los que lo tienen todo y hablaba como los que todo lo pueden. Confesé lo que hice. Eso es lo que más apre- cio, Pagano, que has sostenido como un hombre ese cuento durante años, hubieras sido un colaborador de lujo, y con un futuro que da miedo. Y ya que estamos de plática, Pagano,

¿por qué defendiste a la Peli? Te estabas metiendo en un lío grande, y tú allí, No la toque, jefe. Dispénsame la palabra, pero estás cabrón. Yo la quería, don Gabriel. Don Gabriel se reincorporó en su sillón y sonrió. Unos dientes pequeñitos y parejos me vieron de frente, con curiosidad condescendiente. Cuéntame. La quería de lejos, don Gabriel, y lo único que quería era que pudiera irse de la casa sin que el jefe la tocara. Cuéntame. El jefe la había mandado traer porque la había visto en alguna parte, como a veces hacía. Y yo la vi llegar y pensé que lo más seguro era que la habían traído del edén. Allí la quise poquito, pero cuando la vi aguantar la presión y pasar por alto los alardes del jefe, la quise más. ¿La querías para ti? No, uno no puede aspirar a las mujeres que caminan como si pisaran el cielo, nada más me obsesioné con estar alerta y con que, si el jefe la tocaba, yo lo iba a matar. ¿Por qué, muchacho? No sé. Era una fijación, una promesa, algo que se me había metido al corazón. ¿De veras no quieres dar un paseo mañana? Sí, pero sólo si regresamos mañana mismo, porque me interesa estar en mi ejecución y más que mi hermana y mi madre no pasen sobresalto. Les voy a mandar dos mundos de dinero, Pagano, porque eres el mejor tipo que haya conocido en los treinta años que he andado en esto. No entiendo la urgencia esa de morirte, pero es cosa tuya. ¿Cómo es que usted sabe tanto? No sé mucho, Pagano, nada más lo que me interesa. ¿Y de la Pelirroja, cómo sabe? Ya son muchas preguntas, no te vayas a acostumbrar. Don Gabriel me tendió la mano y yo también. No podemos decir Nos vemos, dijo, porque yo me voy a ir de paseo y tú te vas a morir, pero cada quien hace lo que puede. Ni modo, don Gabriel, cada quién. Entonces yo dije, porque no se me ocurría otra cosa para despedirme, que su celda estaba bien, acogedora, y que me gustaban las cortinas y el sillón. Tú ganas, Pagano, te voy a decir el secreto de la Pelirroja: yo se la puse de tentación a tu jefe con el encargo de matarlo. Y no sólo lo mató. Gracias a ti, a que te quedaste callado y te echaste la culpa, anda por allí, libre y alumbrando al mundo.

2

Hoy el Palacio fue un lugar confuso, muy confuso. Tanto, que estuve a punto de renunciar a mis privilegios y marcharme mejor a una cárcel o a cualquier otro sitio decente donde pudiera estar seguro y cómodo. Desde la medianoche, lacayos, sirvientes, mayordomos, escoltas, militares, autoridades civiles y gente sin oficio claro estuvieron recorriendo los pasillos, primero hablando en murmullos y después a gritos. No sé si al principio los inhibía la madrugada y luego los desinhibió la luz, no sé, pero conforme avanzaba el día se tornaban más impacientes y ruidosos. A mí no me gustan las angustias, ni las mías ni las ajenas, así es que me irritaban sus prisas y hasta sus murmullos. Porque si no gritaban, secreteaban, y cuando no aullaban, enmudecían. Y a mí todo me resultaba agobiante, los ruidos y sus pausas, la estridencia y el silencio. Y sobre todo me fastidiaba no saber, porque la vida me ha acostumbrado a saberlo todo y a atestiguar las decisiones de lo que se dispone ahora y lo que se pospone, lo que se realiza de inmediato y lo que se deja para nunca.

Y he aquí que al mediodía, cuando más perturbado me encontraba, entraron bruscamente a mi habitación cuatro militares sin ninguna consideración por mi rango, mi sangre noble o mi privacidad. Se pusieron a buscar indicios, sospechas, evidencias. Eso decían. Aquí hay una evidencia, aquí un indicio. Uno hurgó en mi ropa y encontró el atuendo con el que mañana entraré en el paraíso. No le gustó por sospechoso. Ésa no era una ropa normal. No parecía de trabajo ni de fiesta. Era anómala. Qué es esto. Mi ropa de ejecución, dije. ¿Tú eres el que se va a morir mañana? Más bien me van a matar, dije. ¿Y te vas a poner esto para colgarte? Es ropa especial, de ejecutado. Un policía detectó el bulto que hacían en la camisa las tarjetas del sastre, rompió la bolsita de zurcido invisible y sacó las tarjetas. Y qué es esto. Tarjetas de presentación del sastre. Y qué hacen aquí. Me las voy a llevar por si hay gente en la otra vida, el sastre quiere tener clientes esperándolo para cuando llegue allá. Los policías se miraron. O eres muy cabrón o eres muy pendejo, dijeron, y se guardaron las tarjetas. A mí me dio mucha tristeza porque iba a fallarle a mi sastre, en cuya promoción celestial yo me había comprometido. Qué pena. Pero no podía hacer nada. Los militares estaban intratables. Se llevaron mi último rastrillo y los plumones con los que yo seguía mi calendario descendente. Presunto cómplice, dijo al salir el jefe. Presunto cómplice, me quedé pensando. ¿Y dónde estaba el rey al que yo tan fielmente he servido? ¿Dónde sus consejeros, sus dignatarios y ministros, que tan bien me conocían y habrían podido impedir aquel agravio? Recorrí la aterciopelada habitación, inquieto y pensativo. Faltan sólo dos días para la ceremonia y si todo esto sigue tan revuelto, puede ser suspendida. Vi, con alegría, que allí estaba mi camisa, mi pantalón, mi ajuar completo. O finalmente no les había parecido tan sospechoso o se les había olvidado. En fin, que al menos tenía asegurada mi vestimenta. Ah, es que no sé si les he dicho que pasado mañana salgo al paraíso. El supremo gobierno me envía en reconocimiento a mis méritos y con la misión de establecer relaciones diplomáticas con el cielo. Seré investido de representación real en solemne ceremonia, se me hará un homenaje de confeti, tambores y trompetas, y caminaré sobre alfombras rojas para después subir a mi carruaje. Es posible, me dice el jefe de protocolo, que sienta alguna presión sobre mi cuello, pero me cuenta que es normal, que no debo sobresaltarme. El viaje será breve, tengo entendido, pues el paraíso está más cerca de lo que se cree y basta cierto instante de quiebre para pasar la frontera sin retorno. Aquí y allá está todo preparado. En cuanto llegue, presentaré mis cartas credenciales a Dios, que ya ha dado su beneplácito, y podré empezar de inmediato el cumplimiento de mis funciones. Se trata de una labor diplomática de gran alcance, difícil, compleja, pero se me ha dicho que no tengo derecho a fracasar. El objetivo es obtener el respaldo político del paraíso, lograr una alianza esencial y, más aún, sacarle al cielo un pronunciamiento en favor del presidente, una declaración incontrovertible, un aval eterno. Al parecer en la tierra causa muy buena impresión que Dios le haga un guiño a un gobernante. Incluso hay líderes que hablan como si Dios les hubiera pedido que hablaran en su nombre. Yo, como diplomático de carrera, tengo muy claro que no valen pretextos, que un emisario no pone en duda su misión y simplemente se empeña en realizarla. Si todo marcha bien, tendré que poner en la línea a Dios y al presidente. Una sola confusión tengo: no sé si esto es reino o república, porque a veces el presidente se comporta como rey, a veces los funcionarios parecen secretarios y a veces se comportan como duques y marqueses. Ésta es una confusión relevante, porque en acuerdos y convenios habrá de asentarse a qué reino o república represento, lo que me preocupa un poco, debo reconocerlo. Yo pensaba aclararlo hoy, pero con el revuelo que hubo todo el día en Palacio no pude hablar con nadie. Al contrario, vinieron dos extraños dignatarios y dieron tres vueltas a la chapa de mi puerta y he tenido que permanecer aquí, sin posibilidad de dialogar con nadie, viendo nada más el ir y venir de guardias, policías y jefes de jefes que nunca habían venido y hoy andan nerviosos y agitados. Como consejero estratégico del reino (o de la república), podría exigir que al menos no hicieran tanto ruido, pero ya se sabe que cuando la autoridad anda distraída no atiende pequeñas peticiones.

Con estos pensamientos suavicé la angustia del revuelo y pude serenar el alma. Tranquilo ya, a pesar de que los ruidos en Palacio no cesaban, me senté en el sillón que me regaló mi madre, la duquesa del Río Revuelto, y me concentré en meditar acerca de cómo mis gestiones mejorarán el estado del país y quizá el ánimo del mundo.

Por la noche vino a verme mi mayordomo personal, un buen hombre llamado Cornelio, y me dio dos noticias incomprensibles, pero lo escuché con atención y consideración, pues para ser buen amo hay que saber oír a los que nos sirven. Lo primero que me dijo fue que Todo está de la chingada, Pagano, y que mi madre no recibiría el mundo de dinero prometido porque habían detenido al director, palabras que no supe descifrar y que supuse se referían a algún acertijo, de esos que nos ponen a los consejeros para que mantengamos la mente despierta. Y lo segundo que me dijo, en voz baja y celebrándolo, es que todo el ruido del día en Palacio obedecía a que don Gabriel se había ido de paseo. Me invitó, dije, recordando vagamente palabras difusas del primer ministro. Cornelio abrió los ojos desmesuradamente y sólo dijo, igual de bajito, Estás loco, Pagano, no andes diciendo eso o te va a ir mal. No me espantes, dije. Estaba tan ansioso de alertarme, que parecía que se le había olvidado que pasado mañana me iban a matar. Está bien, dije, puedes irte, mayordomo. Y por favor, pon en paz este Palacio, que lo único que quiero es descansar y prepararme para la misión que tengo encomendada. Entonces él puso esa cara de extrañeza que delata que no entiende. En eso nos distinguimos los de buena cuna de los de cuna modesta. Cuando uno no los entiende, pone cara de superior, y cuando ellos no entienden, ponen cara de que no entienden. Anda ya, mayordomo, y arregla lo que te digo. Dos horas después pude dormir en paz.

1

Este día es el último que tiene veinticuatro horas. Dos vueltas al reloj. La primera para salir de la oscuridad y llegar a la luz, y la segunda para dejar la luz y regresar a la oscuridad. Cada día es una ilusión de luz. Los días pasan volátiles, finitos, irreversibles. Uno a uno, y sin embargo parece que saltan del cuatro al once y del once al veinticinco, como trenes invisibles y de numeración inútil. Las horas son solamente airecillo sobre el rostro. El tiempo es serpiente que se devora a sí misma y al consumirse nos devora. Nunca más el minuto que se va. Nunca más el rayo de este instante. La vida es imparable río. Los segundos no son sumas sino restas. Y ante la inminencia de la horca, se ahorcan los segundos. Uno tras otro, deprisa, galopando. Brindo por este último viernes, el que atravieso agonizando, viaje sin freno hacia la tumba.

Pasaron las primeras horas sin darme cuenta, heraldos de lo inevitable. Para vivir, el sueño es imprescindible, y sin embargo actúa como ladrón cuando escasea la vida. Desperté temprano para impedir el robo de lo poco que tengo. Abrí los ojos, sorprendí al ladrón y lo ahuyenté. Quería sentir la madrugada y la sentí fría, muda, sigilosa. Ya no cerré los ojos. No podía y no quería. Inservible espejismo de más vida. Vi las primeras luces, la mañana extendiéndose como sábana blanca por encima de mi única ventana. Sentado en mi cama de concreto alcé la vista y en su luz vi el sol, tímido, tocando suavemente las paredes altas. Sin libertad no puedo ver el horizonte. Ustedes que pueden, salgan a verlo, desparramado por el mundo. Si puedes ver el horizonte eres libre. Por si querías saberlo. En un mundo de cuatro por cuatro el horizonte es la pared. Primero es golpe en los ojos y luego grito en los oídos: ¡Aquí te estás, Pagano, que no vas a ninguna parte!

Me levanté, sentí el frío del cemento y me mojé la cara. Descalzo caminé cien pasos, en círculo cuadrado. Cualquiera diría: ¡Ha enloquecido, eh, guardias, vengan a ver, que ha enloquecido! Caminé en sentido opuesto otros cien pasos para desandar lo andado, para estar otra vez en el mismo punto, pero ya no era el mismo porque habían pasado cuatro minutos. Giré más de prisa. Cualquiera murmuraría: Vaya asesino, ni siquiera soporta el encierro. Me detuve y vi en lo alto el mísero rectángulo de la ventana. Es bueno que me maten ya, pensé, la paciencia a punto de rendirse. Rasguñé mi calendario de plumón sobre pared y me herí en la punta de los dedos, las uñas humedecidas de sangre. Rasgué otra vez con más fuerza, de arriba hacia abajo. Cualquiera diría: Es peligroso. Me arañé la cara y el cuello. Y antes de que cualquiera diga nada aclaro que lo hice para sentir algo de mí. Dos sensaciones, la de mis dedos rasgando mi rostro y la de mi rostro sintiendo la herida. Me senté sobre el piso, las manos sueltas, los codos sobre las rodillas. Cerré los ojos, la espalda en la pared y mi cabeza vencida. La derrota me rondaba, pero me levanté porque los condenados a muerte no pueden morir antes de tiempo. Además, la agenda siempre está allí, exigiendo mi atención y mi decoro. Me bañé antes del desfile.

Desfilaron el sacerdote, gentil inquisidor, mi madre en su papel, el abogado Aparicio con su soberbia, el juez con su arrepentimiento y sus negocios, el secretario de Comunicaciones con su ansia de gloria, las cofradías de buena voluntad que vinieron a pedirme una lección de fortaleza, inspiradora, si fuera usted tan amable, el secretario de Gobernación con sus apuros, y el jefe de la oficina de la presidencia con la petición urgente del último discurso.

El sacerdote esperaba de mí confesión y arrepentimiento. Experto de la mercadotecnia redentora me ofrecía sin decirlo la máxima oferta de su agencia: confiésese ahora y sálvese después. Era la última oportunidad para obtener mi pasaporte al cielo, salvoconducto sin garantía ni sellos. El Señor todo lo perdona, pero es necesario orientar nuestro pensamiento y oraciones justo al centro de su misericordia, porque si no, al parecer, no hay misericordia. Confiésate, hijo. Tuve dos caminos. Confesar pecados inventados, porque ya no recuerdo los de verdad, o negarme a pedir clemencia a Dios por medio de su representante. Elegí abrumar al sacerdote con preguntas acerca de la fe y los buenos hábitos, hasta que, cansado tal vez de mi retórica tramposa, me dijo Mañana vendré y escucharé tu confesión. Mañana estaré muy ocupado, padre, vuelva usted el domingo. Pero el domingo, hijo. Usted vuelva el domingo y haga lo que pueda por mí, aunque para entonces la sentencia divina ya me habrá enviado a donde me corresponda. ¿O no es así de rápido, es que hay burocracia en el cielo, padre? Hijo, no pongas en riesgo tu salvación. Sálveme usted, padre, que debe de tener influencias celestiales, a mí déjeme morir. Estuve a punto de decirle que tengo la misión de reportar la existencia de Dios o en su caso de declarar su inexistencia, pero me pareció una desconsideración innecesaria, así es que sólo dije Dios, en su infinita misericordia (lo que le había oído decir varias veces), me perdonará. Tienes fe, hijo. No, pero mi salvación no depende de mi fe sino de la suya, le dije. Y agregué: ¿Sabe por qué existe Dios? El sacerdote abrió los ojos desmesuradamente y quiso protestar, pero me le adelanté. Se lo diré: existe porque es un buen invento. Qué sería de todos nosotros sin Dios. A las autoridades no hay quien les crea. Sin Dios se nos acaba todo. Sin Dios cómo le íbamos a hacer para seguir viviendo. Él está allí, a la derecha y a la izquierda de sí mismo, viendo el mundo que hizo, lo bien que le salió y lo mal que se le está poniendo. Si quería hacer un experimento, el resultado fue fallido, porque la mayoría de sus hijos le salimos bribones. Por más que quería puro santo en la tierra, la ilusión se le deshizo pronto, porque al mundo lo gobiernan los malandros, los de arriba y los de abajo, los que están en la nómina del gobierno y los que cobran en los bancos de sangre. Estará triste, Dios. O enojado. Pero quién le manda. Tan tranquilo que anduviera si en lugar de hacer libres a hombres y mujeres nos hubiera hecho perfectos. Ah, pero no. Nos salvó de la aburrición de la perfección, pero corrió otro riesgo: nos hizo libres y medio atolondrados. O medio ladrones. A mí me da en cara que Dios, si existe, está arrepentido. O sólo que no le importe, que le dé lo mismo. Pero si de veras está pendiente de lo que hacemos ha de andar que no lo consuela ni Dios. Lo bueno es que los seres humanos siempre van a creer en él, se llame como se llame. A la gente le da miedo andar sola, desamparada, sin rumbo. Por eso Dios es un gran invento. Dios da sentido y guía. Hasta se puso a legislar. A ver, jóvenes, esto es así, se salvan así, alcanzan la eternidad si hacen esto y no lo otro, vivirán para siempre si creen en mí. Todo un poco enredado, lleno de misterios. O crees o crees. Y si no, que Dios se apiade, porque si no se apiada vas a dar al infierno y allí sí quién sabe cuándo salgas. Allí no hay sistema penal acusatorio que te salve. Para que no te suceda, tienes que ser bueno. Y allí está Dios escribe y escribe, y parece que quedó tan satisfecho que no volvió a escribir. Lo que está en los libros sagrados es lo que es. La pura ley de Dios, tal cual, y si le entendieron qué bueno y si no pregúntenle a mis representantes. Ellos tomaron cursos de buen entendimiento y son los únicos autorizados para decirle a uno cómo estuvo eso de Adán y Eva, y por qué ahora tenemos que trabajar para comer. Allí empezó el desorden, porque Dios dotó de buenas almas a unos, a otros más los hizo trabajadores y a los demás holgazanes, y a todos les dio la posibilidad de ser chapuceros. Los chapuceros no queremos trabajar, pero tenemos aspiraciones de buena mesa y mejor vino, ganas de acumular bienes y dinero, ansias de pasarla bien. Y cómo le hacemos. Pues a hacer trampa, a robar al que se deje, a explotar al vulnerable, a matar al que se pueda, desde las oficinas de gobierno o desde la guarida oscura, desde el yate o desde la vecindad. A trampear. Como sea y de lo que sea. El chiste es evitar la molestia del trabajo y reproducir a escala el Paraíso. Perdóneme, padre, pero fue muy mala ocurrencia de Dios castigar a Adán y Eva con trabajo. En lugar de promocionar el trabajo como bendición, lo anunció como castigo. Y así ni quién quiera trabajar. El sacerdote me vio a los ojos. Ramón, con todo tu pensamiento errado, con toda tu enorme soberbia y tu pequeña maldad, Dios te perdonará. Se levantó, me sonrió, me bendijo en el aire y se fue. Me quedé pensando: Hay que reconocer su habilidad para salir airoso y además dejar la impresión de que algo ganó porque fue él quien dijo la última palabra.

Y entonces vi venir a mi madre, encantadoramente vestida para la ocasión. Traía un vestido negro de manga larga y un velo oscuro de espesa transparencia. Me abrazó y se sentó a mi lado, me acomodó el cabello, pasó amorosamente sus manos por mi cara, suspiró doce veces y lloró un poco. Llorar de a poco y mantenerse en silencio no es cosa común en mi madre. Pero ella sabe comportarse siempre. Justo lo que se necesita en cada circunstancia. Sólo dijo No dejaron entrar a tu hermana ni a Renata, pero están allá afuera y aquí, contigo. Ni un reproche, ni un recuerdo de mi ingratitud y mi mala vida, ni un reclamo ni una nada. Ella es una madre verdaderamente profesional. Yo le agradecí el silencio, me apoyé en su hombro y, como ella, lloré un poco, lágrimas silenciosas, unas cuantas. Nunca he podido llorar mucho. A los diez minutos de silencio, vinieron por ella los custodios. Ella se levantó y me dio la bendición. Hacía años que no lo hacía, quizá desde mi infancia. Besé sus dedos en cruz, arrodillado, y la dejé irse rumbo a su soledad y sus dolores. Es una buena madre y sabrá salvarme la honra, andará de luto un tiempo y luego irá por allí, hablando de su hijo como si hubiera sido un hombre honorable.

El abogado Aparicio entró precipitadamente a decirme que le había escrito al presidente una impecable y conmovedora carta, que había logrado entrevistarse con él y que había obtenido la promesa del indulto, pero que después el propio mandatario le había llamado para decirle que lo sentía, no iba a poder decretar el perdón debido a la famosa fuga. Ya ve usted, le había dicho el presidente, cómo está la prensa. Un perdón ahora sería impopular. Por eso, y no porque él hubiera fracasado, iba a ir yo a la horca. Estaba molesto el abogado, furioso contra la política, que lo pervierte todo.

Su prestigio había resultado dañado por mi culpa. Era su único caso perdido. Invicto hasta entonces, mi ejecución lo mataría. Es usted muy amable, le dije, morirse conmigo sólo porque sí, en fin, qué pena. Deberían colgarlo a usted dos veces y a mí dejarme en paz, dijo. Y entonces yo le recordé que él se había metido al asunto por su cuenta, sin invitación. Porque me interesa la Justicia, dijo. Con mayúsculas, agregué. Pero me levantaré de esta caída, dijo, usted no se preocupe. No me preocuparé, dije, para tranquilizarlo. Una reja de prisión es demasiado pesada para azotarla, así es que no pudo darse ese gusto. Salúdeme a Satanás, se despidió. De su parte, prometí.

El juez entró desconsolado. Había hecho exitosamente todas las gestiones ante las instancias del Estado y ya había recabado algunas firmas para hacerse de los derechos de mi ejecución, cuando se entremetieron las televisoras, que lo acaparan todo. Apenas surge un espectáculo que valga la pena y allí están, ávidas, sedientas de lucro, glotonas insaciables. Qué puede hacer un particular ante semejante connivencia del Estado con las televisoras. Y ellas, estaba seguro y si no que yo se lo dijera, habían actuado por su cuenta, sin tomarme en consideración. ¿O vino alguien a pedirle su autorización, como yo?, ¿alguien tuvo la delicadeza de hablar con usted? ¿Acaso no era mi muerte el evento del que se habían apropiado?, ¿es que no tengo derechos sobre mi propia muerte? Pasaba de la furia a la indignación. O qué pensaba yo. Pienso, le dije, que mañana se acabará el mundo. ¿Y su madre, no tenía derecho a beneficiarse con la transmisión? No sé, dije, y no creo que ella lo haya pensado. Por cierto, dije, muchas gracias por la vestimenta. El sastre es un maestro. De nada, señor Pagano, de alguna forma tenía yo que enmendar un poco haber sido el primero en sentenciarlo a usted a muerte. Fue una buena idea, le dije, desde hace tiempo sobro en el mundo. Nadie sobra, dijo el juez, pero bueno, a los jueces nos corresponde cumplir con algunas formalidades. ¿Estará usted en mi ejecución? No sé, todavía no me recupero del ultraje de las televisoras. Estoy un poco desilusionado de la vida. Cómo quieren que surjan emprendedores. No se mortifique, señor juez, yo voy a morir en paz y usted puede seguir siendo el honorable letrado que es ahora. No se crea. La pena de muerte divide a la gente, y así como hay quienes me aplauden hay otros que me insultan. Pues vaya en paz, que yo no. Yo sólo tengo gratitud hacia usted. Le deseo una muerte pronta e indolora, murmuró, dicen que a veces pasa. Así será, señor juez. Pondré todo mi empeño para ya no causarle más dolor a nadie. Perderá un poco el espectáculo, dijo, pero en fin yo ya no tengo que ver nada con eso. Si usted hubiera podido explotar los derechos y beneficiar a mi madre, yo me esforzaría por alargar un poco el drama, pero ya no tiene caso. Pronto y rápido, señor Pagano. Pronto y rápido, señor juez. Nos sonreímos amistosamente. De todos modos, dijo, todos nos vamos a morir. Además de buen juez, es usted un filósofo, dije, y él pareció ruborizarse con modesto orgullo. Desde pequeño era yo muy reflexivo, dijo, luego hizo una reverencia apenas perceptible y salió de la celda con energía, diríase que tristemente feliz.

El siguiente en entrar fue el secretario de Comunicaciones y Transportes. Quién diría que con semejante título sería capaz de darme una motivación para ir hacia la muerte casi ilusionado. Con aquella ocurrencia de verificar la existencia de Dios, que sólo había concebido para quedar bien con el presidente, le había dado a mi ejecución un sentido trascendental. Después de todo, la humanidad ha pasado decenas de miles de años creyendo a ciegas en Dios o a ciegas negándolo. Al menos cien mil años de dudas quedarán reducidas a certeza cuando yo me comunique e informe, con mucho más fundamentos que Gagarin, si existe o no el gran Dios de los cielos. Así es que fui amable y paciente con el secretario, que apenas atravesó el umbral de la reja me preguntó si ya estaba listo. Absolutamente, dije. El ministro sacó de su bolsillo una pequeña tarjeta. Aquí están los pasos que debe usted seguir. Ya sabe, primero utiliza el código morse, si no se puede comunicar, habla por este micrófono y, como tercer recurso, usa el teclado. Este sistema redundante garantiza que usted podrá mañana mismo dar la gran noticia al mundo: la existencia o la inexistencia de Dios. ¿Ya se confesó? Sí, dije, sabiendo que si decía que No, me iba a ver sometido a una presión incómoda. Bien, bien, dijo, tiene que asegurarse usted de que lo dejen entrar en el cielo para que pueda decirnos sin ninguna duda si existe Dios. Eso si el cielo existe, dije. Eso es verdad, recapacitó, desde ese momento sabrá usted si Dios existe, porque si existe el paraíso existe Dios. Ésa es una deducción humana, dije, pero la lógica del más allá puede ser totalmente distinta, incluso es posible que exista el paraíso sin que exista Dios. Tal vez el cielo no requiera de un administrador. Es un enigma complicado, dijo, y la verdad es que yo no entiendo la lógica de la fe. La fe no tiene lógica, dije. ¿Y entonces? Entonces no necesitamos de fe porque estaré allí y lo veré todo. La fe es necesaria para lo que no se ve: una vez que uno puede constatar lo que busca no necesita más que ver bien, sin prejuicios ni miedo. Eso es, veo que usted domina aspectos profundos de la teología. Algunos, contesté, y no niego que me gustó el halago. Quizá, de no haber sido delincuente, me habría gustado ser teólogo, saber todo acerca de Dios, una sabiduría inocua pero prestigiada, propia de hombres encanecidos y arrugas alrededor de los ojos, hombres respetables a los que difícilmente se les dictaría una sentencia de muerte. Ya sabe, es muy importante que se comunique de inmediato, dijo el secretario, estoy ansioso de reportarle al presidente el éxito de la misión. Después de eso, el presidente adquirirá carácter de hito y desplazará incluso a los más grandes pensadores, creadores y transformadores del mundo. Me dará un buen bono de fin de sexenio y gozaré de su gratitud imperecedera. El secretario se frotaba las manos. Señor Pagano, estamos a punto de entrar en la Historia. Imagine nada más: Ramón Pagano, el primer embajador plenipotenciario en el cielo. Junto con el equipo técnico, que mañana vendrán a instalarle mis especialistas, recibirá usted las cartas credenciales para que las entregue usted al mismo Dios. O al Diablo, dije, le sugiero que me haga llegar dos versiones de esas cartas, una para Dios y otra para el Diablo, por si mi confesión no me alcanza para el perdón y me envían al corporativo de enfrente. Cuánto lo sentiría, señor Pagano, por usted y por el presidente, porque comprenderá que hay una gran diferencia entre anunciarle al mundo que existe Dios y anunciarle que existe el Diablo. La oposición encontraría resquicios para su retórica destructiva. Pero confiemos en Dios, señor Pagano, tengamos fe. El señor secretario me estrechó la mano y antes de irse me aclaró que él en ningún momento se había alegrado de mi sentencia, nada más quería aprovecharla. Le agradecí su sensibilidad y le aseguré que en cuanto terminaran mis trámites de ingreso al cielo le despejaría la más grande incógnita de la humanidad. Levantó el pulgar derecho, sonrió como debe hacerlo un secretario de Estado y salió muy orondo, tal vez sintiéndose presidenciable. Hasta entonces me di cuenta de que no bregaba por la gloria del presidente sino por la suya.

En la reja se cruzó con el secretario de Gobernación y no se saludaron, como si los separaran líos, celos y conflictos. Yo ya me sentía cansado, pero me levanté de nueva cuenta para saludar al ministro del interior. Señor Pagano, dijo, no quiero quitarle mucho tiempo, sé que está usted muy ocupado. Sólo quiero pedirle su consejo. No sé si sepa que ya me están mencionando para candidato a la presidencia. No, le dije, no sabía, y agregué, con intención: pero era de esperarse. Lo que pasa es que he venido aprendiendo a decirle a los políticos lo que quieren oír, así ellos están contentos y yo en paz. ¿Qué hago, señor Pagano, asomo la cabeza, me muestro interesado en la candidatura o simulo que no sé ni de qué me hablan? No sé, le dije, si deba usted sacar la cabeza, pero sí sé que quien lo hace corre el riesgo de perderla, así es que mi consejo es éste: usted es un servidor de la patria, un soldado del presidente, está dedicado a su trabajo, no piensa más que en eso. Pienso en la presidencia, señor Pagano. A mí puede decírmelo, pero allá afuera no. Usted concéntrese en su cargo, pero con ese pretexto recorra el país, haga que le tomen fotos: usted en la sierra, hablando con indígenas; usted en las zonas pobres, hablando con mujeres y niños; usted bien trajeado, hablando con empresarios; usted en camisa pura, hablando con estudiantes; con sombrero si se trata de campesinos, y sin corbata si se trata de literatos. Usted en todas partes, trabajando, haciendo patria. Y, sin ser muy obvio, ponga cara de presidente. Gracias, señor Pagano, ¿puedo hacer algo por usted? Si tuviera la gentileza de irse, dije. Desde luego, señor Pagano, muchas gracias, es que, sabe usted, sí quiero ser presidente. Para qué, señor secretario. Eso es lo que me falta por saber, pero de que quiero ser presidente, claro que quiero. Nada más no se muestre ansioso: usted será presidente si lo parece.

El jefe de la oficina de la presidencia no vino a visitarme sino a pedirme el último discurso para el presidente. No sé si se han fijado, pero los que forman parte del más estrecho círculo de un presidente caminan unos centímetros por encima del piso, iluminados. Por eso no saludan ni se mezclan con los seres de la tierra, empeñados en parecer de cera, con relojes insultantes y mancuernillas doradas, maniquíes tan estudiados que terminan por ser trajes vacíos. Así pues, el jefe de la oficina me dijo sin preámbulos: Hemos pensado que, una vez que usted sea ejecutado, el presidente debe enviar un mensaje a la nación, y él no sabe qué decir en estos casos, bueno, tampoco en otros, pero por ahora, y en lo que usted puede ayudar, basta con que le dictemos qué debe decir cuando el primer ciudadano haya sido ejecutado legalmente. De acuerdo, señor jefe de la oficina, cuánto debe durar. No más de seis minutos, ya sabe usted, tanto porque el presidente anda muy atareado como porque la gente se distrae fácilmente. Lo escribiré esta noche, dije, y él, siempre tan desagradecido, se fue sin siquiera desearme una buena muerte.

Pasadas las diez de la noche escribí el discurso: Compatriotas, hace una hora el Estado ha hecho justicia. El señor Ramón Pagano ha muerto en estricto apego a nuestro marco legal. Nos duele la muerte de un conciudadano, pero nos alegra saber que hemos iniciado el camino más eficaz para combatir la impunidad. Si alguien le quita la vida a otro con alevosía y ventaja, ese otro merece justicia, y la mejor justicia es la que equipara el castigo con la falta cometida. No es que pretendamos que el Estado, en su afán por conservar la paz, ejecute a quienes cometan delitos graves, lo que queremos justamente es que no haya más delitos graves. Que todos sepan que si cometen un delito, pagarán por ello. Aunque nos duela, aunque sintamos que nos arrancamos un pedazo de nosotros mismos, es preferible amputar aquel miembro de la sociedad que no se apega a las reglas de la convivencia a seguir padeciendo el incremento de la violencia. Expreso mi más sentido pésame a los familiares y amigos del señor Pagano, y mis felicitaciones a los amigos y familiares de su víctima por haber recibido justicia. Que todo sea por el bien de la patria, por la armonía de nuestra relación social, por la construcción de un mejor país para todas y todos.

Lo redacté de un tirón, sin correcciones, tratando de sonar institucional y emotivo. Un discurso digno de un presidente. Sé que pude escribir algo mejor, pero es que en vísperas de la muerte uno empieza a sentir cierto desapego de los asuntos del mundo.

Ha llegado la medianoche. Faltan once horas para mi ejecución. Seiscientos sesenta minutos. Intentaré dormir en paz. Lo que debía hacer ya lo hice. Lo demás, quedó pendiente.

0

Dicen que a partir de mí todos los sentenciados a muerte podrán disfrutar, como en Estados Unidos, del desayuno que elijan el día de su ejecución. Yo pedí café de verdad, jugo de naranja recién hecho y unos huevos al albañil en molcajete. ¿En molcajete?, abrió los ojos Cornelio. Hoy es mi día, así es que sí, los quiero en molcajete. Y eso desayuné. Es cierto que he venido comiendo bien desde que don Gabriel me recomendó con el director, pero esta ocasión fue especial porque estaba consciente de que era mi último desayuno, lo que no pueden saber la mayoría de los que están a punto de morir. Es una gran ventaja porque uno va probando de a poco, saboreando despacio, sabiendo que no habrá más. Casi nadie piensa en el privilegio de comer, ni el rico ni el pobre, el rico porque sabe que seguirá comiendo mañana y pasado, y el pobre porque cuando come tiene tanta hambre que lo devora todo sin detenerse apenas. En fin, lo que para los demás es sólo un instante para mí fue un acontecimiento. Tardé una hora, sin prisa. Extrañé una buena conversación, pero no tengo con quién. Platiqué a solas. Me dije Qué bueno está esto, Qué hermosa mañana de sábado me tocó, Qué fantástico es que hoy mismo podré saber si Dios existe, Qué maravilla acabar con las angustias de la vida, Qué enorme placer es éste de tener la certeza de la muerte, hora incluida. Y me cuidé de usar con elegancia, casi con deleite, la servilleta de algodón que pedí. Me hubiera gustado platicar con Sócrates, él con su copa de cicuta en la mano derecha y yo jugueteando con la soga. ¿Así es que a usted también lo acusaron de corromper a la juventud?, empezaría yo. Y ya lo que dijera sería lo de menos. Seguro sería algo inteligente. Eso bastaría. Hay que huir de las conversaciones estúpidas. Sólo la violencia es más peligrosa que la estupidez. Antes creía, como Napoleón, que le tenía más miedo a la estupidez que a la maldad, con el argumento de que la maldad tiene límite, pero cuando conocí la maldad extrema, la de los ácidos y los descuartizamientos, la de las venganzas sobre familias enteras y los homicidios colectivos, me volví más tolerante con la estupidez. Aun así, en este mi último desayuno, si no iba a poder conversar con Sócrates, Homero o Séneca, mejor era desayunar a solas.

La verdad es que no estuve solo. El hombre de polvo, aquel de la gabardina gris que al atardecer saca su mecedora a la banqueta y discurre sueños imposibles, se había levantado temprano y allí estaba, mirándome, inexpresivo, el sombrero encajado hasta las cejas. Levanté el vaso de jugo y le propuse un brindis, pero él, en lugar de brindar conmigo, levantó el brazo derecho y me apuntó con el dedo índice, como si su mano fuera una pistola. Se mantuvo así unos segundos y luego, lentamente, movió el brazo, se apuntó a sí mismo y se reventó la frente. Murió el mismo día que yo, y por su propia mano. Quizás estaba harto de mi presunción de que yo era el único que sabía la fecha y la hora de mi muerte y quiso demostrarme que él no sólo sabía eso respecto de sí mismo, sino que además era suficientemente, libre para disponer a voluntad de su vida. Ya les había dicho que es un tipo extraño. Era.

A las nueve me enviaron ropa de preso limpia. Que para que me vistiera decentemente. Que no podía salir en la tele con la raída ropa que he usado los últimos meses porque el Estado no puede dar la imagen de pobreza y descuido. Los derechos humanos están primero. Decliné el ofrecimiento, desde luego, porque como ustedes y yo sabemos tengo ropa distinguida para ponerme. Cornelio conocía el secreto, así es que después de dos pálidos intentos para que me pusiera la ropa que me ofrecía el Estado, terminó por decirme que estaba bien, que hiciera lo que quisiera. ¿Necesito pedir autorización?, pregunté. Cornelio se rio: todo mundo anda todavía mortificado por la escapada de don Gabriel, así es que nadie que sea importante se acuerda de tu ejecución. Cornelio, le dije, ayer le envié una invitación al presidente, por favor asegúrate de que lo traten bien, que le den un buen lugar, varios, por si viene con su familia, ya ves que las familias de los presidentes siempre quieren estar en primera fila, lo mismo si viene el papa que si hay una gira por Londres. Esos son buenos eventos, Pagano, el tuyo más bien es triste. Nada de eso, es más espectacular que si me estuvieran lanzando al espacio. Viajaré a un lugar sin lugar, desconocido, colmado de misterio, lo que aplica igual si voy a dar al cielo o al infierno. Por cierto, dijo Cornelio, en cuanto te vistas dejo pasar al padre para que te confieses y amarres lugar en el cielo. ¿Otra vez está allí? Sí, y tiene cara de enterrador.

Procedí entonces a vestirme. Mi pantalón negro, mi camisa blanca, mis calcetines negros y mis zapatos nuevos, que aunque ya no son tan nuevos siguen siendo lo mejor que tengo. El sastre nunca me trajo los botines. Me abroché las mangas largas, anchas a lo largo del brazo y apretadas en los puños. Me congratulé de haberle insistido al sastre en que quería cuello en la camisa. Es ancho y de puntas prolongadas. Parezco un sentenciado a la guillotina en tiempos de la Revolución Francesa, pero limpio, inmaculado, sin ideas de más en la cabeza. Hace mucho que no me vestía como para ir de fiesta. Lástima que no tengo un espejo de cuerpo completo. No importa. Me veo a mí mismo y sé que luzco impecable. Si acaso, me hubiera gustado más brillo en los zapatos. Cornelio me dijo que le hubiera avisado antes, que a esa hora ya no tenía dónde conseguir un lustrador. Lástima, porque si llego a entregarle mis cartas de embajador a Dios, hubiera sido bueno llevar un buen calzado. Para que vea que en la tierra que inventó poseemos buenos hábitos, porque tengo la impresión de que sólo le llegan reportes de nuestro mal comportamiento. ¿Cómo me veo, Cornelio? Como Ramón Pagano vestido de tiempos antiguos. ¿Crees que las mujeres que me vean por televisión se enamorarán de mí? Las mujeres se enamoran de cualquier cosa que sale en televisión, dijo, y yo pensé que tal vez durante todo este tiempo había menospreciado su inteligencia. Que venga, pues, el señor cura. Confiésate, Pagano, y si puedes, exagera tus pecados. Dicen que a Dios le gusta perdonar a los grandes pecadores y que no hace caso de los pequeños porque lo aburren.

El padre entró solemnemente, con un par de libros negros en las manos. Nos sentamos en la cama. Yo pecador, me dijo, dejando los puntos suspensivos para que yo siguiera con la oración. No puedo, padre. ¿No puedes hablar, hijo, te sientes abatido? No, no puedo porque nunca me pude aprender el Yo pecador. ¿Ni de niño? Tampoco, empezaba con Yo pecador me confieso, y luego hacía ruiditos para sumarme al coro sin ser detectado. El día que un padre se dio cuenta de que no lo sabía, me envió a la doctrina. Todos los domingos a las cuatro. Fui una vez, empujado por mi madre, que estaba feliz de que por fin yo aprendiera el catecismo. Fui y no volví. Resultaba que Dios estaba en todas partes y yo no lo veía por ninguna; resultaba que Dios Padre, Dios Hijo y el Espíritu Santo eran tres personas distintas y una sola verdadera; resultaba que Dios todo lo sabía y sin embargo prefería perdonar los crímenes a impedirlos. Demasiado para mí. Así es que los domingos a las cuatro salía de mi casa y me la pasaba vagando, hasta que daban las cinco y media y regresaba. ¿Qué aprendiste hoy?, preguntaba mi madre, y yo ponía cara de que eran conocimientos superiores que no se platicaban. Ya ya ya, dijo el padre, dime tus pecados. Los aglutiné para abreviar la confesión: pecados de conciencia, pecados económicos, pecados sexuales y pecados de traficante. El sacerdote me preguntó si era todo. Todo, padre, tal como ocurrió. ¿Y el homicidio? Cuál. El homicidio por el que te sentenciaron. Ése ya está muy sabido, padre, hasta Dios debe de estar enterado. De todos modos tienes que incluirlo en la confesión para que se incluya en la absolución. Si confieso el homicidio, miento, y si miento, vuelvo a pecar, dije, mejor lo dejamos así. ¿No mataste a nadie? Por favor, padre, así empezó hace ocho años este asunto, nada más que en lugar de usted los que preguntaban eran unos policías deplorables que se ponían tristes si yo les decía que era inocente. Y como no querían estar tristes, me pegaban. Yo no voy a pegarte, hijo. Aquéllos me pegaban para torturarme, usted me tortura sin pegarme, métodos distintos. Dime, hijo, si no mataste a nadie, pero dime la verdad, y soy capaz de hacer un escándalo para detener tu ejecución. ¿Detener mi ejecución? No me amenace. No entiendo, hijo. No hace falta. Sí, lo maté yo. Un disparo en el pecho y otro en la cabeza. Y estás arrepentido. No. Hace falta que estés arrepentido, Dios no quiere que le contemos nuestros pecados, que de todas formas él conoce, sino que mostremos arrepentimiento. Mire, padre, en menos de una hora estaré delante de Dios y ya platicaremos. Pero tienes que arrepentirte en vida. ¿Si no, no vale? No, desde luego. Le propondré a Dios modificaciones al reglamento. ¡Qué reglamento! Tienes que arrepentirte en vida, porque es una expresión de fe y porque no tiene ningún mérito arrepentirse después de ver la gloria de Dios, la paz del cielo, ya no sería fe sino conveniencia. ¿Entonces, para arrepentirse, es requisito tener fe? Si es así como puedes entenderlo. Cuidado, padre, está usted reduciendo la fe a un capricho de Dios. No voy a discutir contigo cuestiones tan profundas. Arrepiéntete y podrás ir al cielo. ¿Entonces el interés vale ahora y no después? Pero qué lío es éste, el que tú estás armando. Arrepiéntete y gozarás de vida eterna. ¿Y quién dijo que quería vida eterna? Todos la queremos, Ramón, por favor, sé sensato. Mire, padre, lo nombro mi abogado ante las instancias celestiales, arréglelo usted y yo le hablaré a Dios bien de usted, por si quiere un ascenso. No entiendes nada, hijo. Como embajador plenipotenciario tendré acuerdos periódicos con Dios, padre, y seguro terminaré por entender. ¿Embajador, Ramón? ¡Serás un alma más entre los millones de almas que llegan al cielo! Me perderé en el anonimato, entonces. Estás a un paso del perdón. Y de la horca, padre. Necesito peinarme, acicalarme un poco, llegar al cielo bien presentado. Todo eso es vacío, allá no importa tu apariencia. ¿Cuántas veces ha estado usted allí? Ninguna, pero lo sé, hijo, acuérdate que soy representante del Señor. Bajo protesta, me arrepiento. Así no, Ramón, arrepiéntete de corazón. Bajo tortura, me arrepiento. Que no, hijo. ¿Entonces por qué me tortura? Ramón, yo no te torturo, he venido porque el Señor nos pide que trabajemos por las ovejas descarriadas. He venido por ti, para asegurarte un lugar a la derecha del Padre. ¿Y por qué a la derecha? Ramón, no cuestiones. Ya me arrepentí, dije de pronto. Y el capellán aprovechó al vuelo mi debilidad: Te absuelvo en el nombre del Señor. Puf, pensé que no lo lograríamos. Eres duro, Ramón, pero aún tienes unos minutos para ablandar tu corazón, hijo. ¿Ya estoy perdonado? Un poco forzado, pero gozas ya de la absolución. Entonces, padre, ¿me permitiría estar a solas conmigo? Necesito prepararme. Te doy la bendición. No, gracias, ya me la dio mi madre. No hay como la bendición de un ministro de Dios. No hay como la bendición de una madre. Desde luego, Ramón, pero debo dártela para que estés totalmente perdonado. ¿Y se va? El padre se puso de pie y en eso entraron tres técnicos de la Secretaría de Comunicaciones y Transportes. Venían de prisa, serios como empleados de funeraria y casi tan eficientes. Me colocaron cables y enchufes en el pecho y en la espalda, un miniteclado delgadísimo en el vientre y un microfonillo abajo del cuello. Está usted listo, señor, ¿nos firma de conformidad con el servicio? Garabateé sobre mi nombre y pregunté si todo aquello no echaría a perder mi ejecución. Desde luego que no, señor. Lo hemos probado. ¿Con ejecutados de verdad? Con maniquíes, pero no se preocupe, el trabajo está garantizado. Ya no pregunté en dónde podría hacer efectiva la garantía, porque seguramente en caso de falla no podría ir a reclamar. De acuerdo, dije. Los técnicos se marcharon y el padre seguía allí. ¿Qué es eso, Ramón? Se lo diré bajo secreto de confesión. El padre no pudo disimular su curiosidad. Bajé la voz un poco: Es un sistema de comunicación para reportarle al gobierno si Dios existe.

¡Qué locura es ésta, Ramón! Por favor, padre, si quiere, deme su correo y le envío la primicia. No sé en qué mundo estoy, suspiró el padre, ya decía yo que Dios me había dejado demasiado tiempo vivo. Hice una inclinación de afecto porque a pesar de todo me agradaba y no quería que tuviera un mal recuerdo de mí. Adiós, hijo, que el Señor te reciba en su santa gloria. Muchas gracias, padre, a usted también, cuando llegue el momento.

Me subí a la cama y me senté, el frío de la pared en la espalda. Ahora sí se habían acabado las visitas. Empezaba a terminarse el mundo. Eran las diez y faltaban sesenta minutos para que se evaporara por completo. Pensé en mi madre, que me había tenido sólo para hundirse en una pesadilla de tres décadas. Recordé imágenes felices de paletas de algodón y burbujas de jabón. Pensé en mi hermana, siempre niña aunque creciera; en Renata, mujer de paz y aficionada al dolor, tanto, que había puesto su vida en la mía sin pensar más que en que tal vez me enmendaría. Pensé en la pelirroja, a la que quise desde lejos y que nunca pensó en mí. Mi madre habrá llorado ayer toda la noche, pensé, y me sentí triste. Los colores de la vida se habían vuelto grises desde que me encerraron hace ocho años. Sin colores la vida es nostalgia derretida. Pensé en mi catálogo de fechorías, en tanta sangre que corrió cerca de mí, en las órdenes de la muerte violenta que empujaron a cientos de vidas al precipicio, en los fajos de billetes que yo había convertido en fortunas crecientes y honorables, en los miles de jóvenes que se habían apresurado a consumir nuestra mercancía sin saber que se destrozaban el cerebro y la vida. Pensé en el presidente y sus ministros, siempre ocupados en la imagen, y me acordé de la persistencia del confesor por impulsarme a arrepentirme para conocer la gloria de Dios. Y pensé en

Dios, en su obstinación de no mostrarse, como si su único propósito fuera desafiar a hombres y mujeres a creer en él sin darles ninguna prueba de su existencia. No obstante, la idea de Dios nos ayuda a creer que alguien nos protege en vida y que seguiremos vivos después de la muerte. Pensé que nada me alegraría tanto como constatar que Dios existe, así la vida no tendría esta atmósfera melancólica. Y lloré un poco, como debe ser, cuatro o seis lágrimas para despedirme de mí, de los que sin razón me amaron, de los que lastimé sin darme cuenta. A las diez y media me limpié las lágrimas y me dispuse a escribir por última vez. Luego cerré los ojos y dormité, procurando no pensar, hasta que vinieron el nuevo director de la prisión, el capellán y seis guardias a decirme, fíjense ustedes qué frase tan original, que la hora había llegado.

Nota periodística subida a internet cuarenta minutos después de la muerte de Ramón Pagano

Ramón Pagano, el jefe de finanzas del CCON (Cártel del Centro/Occidente/Norte), murió ejecutado por la justicia hacia las 11:13 de la mañana.

Una falla en el sistema de asfixia hizo que Pagano permaneciera vivo más tiempo de lo previsto, pues fue necesario repetir el ahorcamiento debido a que en el primer intento la cuerda no estaba presionando adecuadamente las arterias vitales.

"De no haber repetido la operación, el señor Pagano probablemente hubiera sufrido tres minutos más", informó el doctor Ramiro Cuevas, jefe de los servicios médicos del Sistema de Readaptación Social, en respuesta a un cuestionamiento del presidente de la Comisión Nacional de los Derechos Humanos.

El propio sistema de readaptación informó que el cerebro del ejecutado será enviado a laboratorios australianos para su estudio, pues se afirma que poseía un cociente intelectual superior, especialmente en lo que se refiere a la memoria y destreza matemática y a su capacidad de vivir varias vidas a la vez.

Como lo hemos informado en este espacio, hay rumores de que el gobierno utilizó la inteligencia de Ramón Pagano para tomar decisiones estratégicas, lo que ha sido denunciado por diversos organismos de la sociedad civil.

Una fuente cercana a la oficina de la presidencia que pidió no ser identificada mencionó diversas funciones de Pagano al servicio del gobierno, como redacción de proyectos de ley, elaboración de discursos presidenciales y asesorías diversas a secretarios de Estado sobre temas de seguridad nacional.

En el extremo de los rumores se encuentra el que señala que Ramón Pagano tiene la misión de reportar la existencia o la inexistencia de Dios, lo que ha desatado una feroz polémica en redes sociales.

Diez minutos después de la ejecución de Pagano, el presidente de la República se dirigió a la Nación. "Nos duele la muerte de un conciudadano, dijo el mandatario, pero nos alegra saber que hemos iniciado el camino más eficaz para combatir la impunidad".

Los últimos días de Ramón Pagano de Alejandro Hernández Palafox
se terminó de imprimir en marzo de 2018
en los talleres de
Impresora Tauro S.A. de C.V.
Av. Plutarco Elías Calles 396, col. Los Reyes,
Ciudad de México